U0939260

爱一朵花，照见它成长

朱成玉◎著

江苏凤凰文艺出版社
JIANGSU PHOENIX LITERATURE AND ART PUBLISHING

图书在版编目（CIP）数据

爱一朵花，照见它成长 / 朱成玉著 . -- 南京 : 江苏凤凰文艺出版社 , 2021.6
ISBN 978-7-5594-5485-0

Ⅰ . ①爱… Ⅱ . ①朱… Ⅲ . ①散文集 – 中国 – 当代
Ⅳ . ① I267

中国版本图书馆 CIP 数据核字 (2020) 第 241781 号

爱一朵花，照见它成长

朱成玉 著

责任编辑 白 涵
责任印制 刘 巍
出版发行 江苏凤凰文艺出版社
南京市中央路 165 号，邮编：210009
网 址 http://www.jswenyi.com
印 刷 三河市金泰源印务有限公司
开 本 690mm × 980mm 1/16
印 张 16.5
字 数 221 千字
版 次 2021 年 6 月第 1 版
印 次 2021 年 6 月第 1 次印刷
书 号 ISBN 978 - 7 - 5594 - 5485 - 0
定 价 42.00 元

目 录

第一辑 心是天然的乐坊

人浮于事，多半需要自救。我们看似平静，却没有人知道，我们内心的水深火热。

002 人生没有多余的疼
005 世上所有的母亲
008 一路刮到天堂的风
015 唤醒朵儿的心
018 一首背井离乡的诗
022 听音乐的乞丐
024 有些心愿，追不上流星
026 我是我们的偏旁
029 心是天然的乐坊
032 一月的两张脸和二月的短尾巴
035 一头牛的生日
038 翅膀与跑鞋
041 童年的药箱

第二辑 如果孤独漫上来

我在自己的灵魂里招兵买马。我看到了光。是的，光。

048 一只蓝色鸽子的忧伤
052 让每一粒米都回家
055 和草木谈心
058 如果孤独漫上来
061 什么时候喊疼
064 莫斯科不相信眼泪，相信玫瑰
068 无法邮寄的春天
071 人，不小心就成了碎片
075 漏水的月亮
078 马儿尥蹶子，就给它一片草原
081 八岁的蓝
084 像两棵柳树一样相爱
088 一朵云，全身长满翅膀

目 录

第三辑　半点荧光

人的眼睛是由黑、白两部分组成的，可是为什么要让人只能通过黑的部分去看东西呢？因为人生必须透过黑暗，才能看到光明。

092　季夫老师的精神钙片
095　一株草的天涯
098　半点荧光
103　你看到的月光是有限的
106　黑暗中的珍珠
108　亲爱的向日葵
112　躲不掉的荒凉
115　不妨吹吹小冷风
119　清空心灵的邮箱
121　婉约之门
124　睡在风里的蒲公英
127　爱是一座叹息的桥

第四辑　人生是一条蹦跳的鱼

当你的人生灰暗无光，失去活力的时候，你是否想过，在自己心底安装一个蹦床，然后努力让自己成为一条蹦跳的鱼。

132　善念只是在贪睡
134　唤醒一滴眼泪的哀愁
137　为一朵花披上袈裟
140　一只鸟在写诗
144　你不该是一朵奔向黑暗的花儿
147　宝贝，诀别是为了让你更好地成长
149　半个苹果的悔
152　一笼纱
155　人生是一条蹦跳的鱼
158　为爱奔跑的毛线
160　月亮是妈妈的枕头
162　月亮掉进水缸

目 录

第五辑　寻找爱的答案

爱，看似不合理，其实一切都是有迹可循，当爱流进彼此的血脉，这世间所有的谜题便都有了答案。

166　最孤独的话
171　我怕衰老，你不认得我
178　母爱的铠甲
181　右手所做，不让左手知道
184　冬天里的柴火
188　寻找爱的答案
192　幸福的心儿
194　最近的花朵最香
198　一朵云，穿着体面的裤子
203　一根善的拐杖
206　猫还小
209　幸福是零售的

第六辑　捡得人世几粒糖

人间事，若细细掂量，错过的总是比握住的多得多，但错过的景致正因为是错过，而在心头占据着一定的位置，从而不忘，虽然遗憾，但也算另一种意义上的收藏。

212　倘若生命列车可以返程
215　生活的正面和背面
218　母亲这把干柴
221　捡得人世几粒糖
223　为我的灵魂打补丁的人
226　一棵树娶了两棵树
231　推倒善良面前的那堵墙
233　向一朵花低头
236　对坐的泥偶
239　一个男人的花样年华
242　左拥淡雅，右倚繁华
245　当荒谬的光照彻大地
249　当你踩到了紫罗兰的心
252　我身上的三片叶子

第一辑

心是天然的乐坊

人浮于事，多半需要自救。我们看似平静，却没有人知道，我们内心的水深火热。

人生没有多余的疼

在键盘上敲字的时候，忽然想，如果人生也有一个删除键，我会删除些什么呢？快乐幸福的时光自然舍不得删去，那么删去的就只有那些疼了。

我想删去手指的疼。因为一分之差没有考上县城的重点高中，老师和家人都劝我复读一年，我却倔强地选择了离开学校。每天上午9点30分，是学校上课间操的时间，喇叭里传来熟悉的“广播体操”音乐，一颗心便跟着疼了，再回不去本该属于自己的校园。于是更加发奋地自学，冬天，写字的手冻成了“馒头”，钻心的疼让我坐卧不宁，直到现在，每到下雨阴天，手指还会隐隐作痛，20多年以前的疼，就像一条甩不掉的蛇，紧紧尾随。

我想删去肩膀的疼。在家待业的时候，临时在一个工地做了半年力工，手掌磨出许多大大的血泡，却也不能停下来，因为瓦匠等着我“伺候”呢，炎炎烈日，汗流浃背，苦不堪言。之后，又去粮库扛麻袋。黑压压的麻袋落到肩膀上，整个人一下子就蹲到了地上，如此反复，直到后来才慢慢地直起腰来，真不知道那一天是如何熬过来的，那是天底下最漫长的一天，我盼着天快点黑下来，快点，可是太阳好像故意和我作对一般，越发地把它那邪恶的热泼到我身上。回家之后，掀开衣服，看到肩膀上整个摩擦掉了一层皮，里面嫩嫩的肉呼之欲出！母亲一边给我擦着药膏，一边心疼得直掉眼泪。

我想删去脚掌的疼。刚结婚的时候，一贫如洗。租来的房子又小又破，冬天很冷，墙壁上到处是亮晶晶的霜花。买不起煤，就去后山打柴。有一天回来得晚，天已经黑了，妻子担心，拿着手电去山路上寻我。直至看到我拉着一车柴火，蹒跚归来时，她终于忍不住哭出声来。我告诉她，不敢快走，鞋子马上就要掉了底儿，她找个绳子帮我把鞋子绑上。脚冻了，又红又肿，害得我现如今走起路来都不是那么笔直。

我想删去牙疼，我想删去头疼，我想删去失恋的疼，我想删去失去亲人的疼，我想删去各种各样的心疼，我想删去……太多太多的疼！

我不知道，为何我的人生有如此多的疼，我似乎是疼痛银行的行长。

但是现在，我感谢疼痛，每一次疼痛，都会带给你一次历练。就像一次一次的跌倒，让孩子学会了走路和奔跑，就像一次一次的摔伤，让鹰学会了飞翔。

喜欢养一些小动物，可是不得不面对的是它们过早的死亡，一次次让我心疼。可是后来，我渐渐领悟到，死亡是所有生命必走的最后一个环节，我也要有那样的时刻，不得不面对一双双急切盼望我起死回生的眼睛，可是终究要走，就像我无法留住亲人一样。所以我感谢那些曾经陪伴在我身边，又一个个夭亡的小猫小狗，小鸡小鸭，是它们的死，让我一次次地进行悲伤的演练，让一颗心慢慢结出一些坚强的痂来。那不是冷漠，是为了保护一颗心而结的茧。

总有一天，我的心，会破茧而出，不再迷惘于尘世的悲欢，超越生死。

人生在世，谁没有疼的经历呢！有痛感的人生，是有盐，有钙的人生。

疼是人生里最活跃的细胞，可以用它谱曲，用它填词，可以用它酿酒，用它泡茶。在岁月的喉结，轻轻将它吐出，可以换一曲妖娆的歌儿。

疼是推着人往前走的风，你若想甩脱它，便闻不到它吹送到你跟前的花香了。

人生没有多余的疼。赞叹珍珠的光芒时，别忘了，那是贝壳的眼泪，是用疼痛磨砺出来的璀璨。

（入选2020年甘肃天水中考阅读理解题）

世上所有的母亲

有一次，几个要好的朋友一起喝酒聊天，很长时间的话题都是关于母亲，其中一个朋友的母亲去世很久，他眼中闪着泪光，讲起一段过往。他说她是一个典型的女汉子，身材甚至比一般的男人还要高大。家里人一直都很依赖她。侍弄庄稼，养猪养鸭，一日三餐，洗洗涮涮，她一个人完全应付得来，且没有一丝慌乱。只是，母亲毕竟是个粗线条的女人，做的饭菜总是不那么可口，洗衣服从不分门别类，一股脑地塞进洗衣桶。她不懂得表达，甚至没在她口中听到过一句关于爱的叮嘱，哪怕是唠叨。反过来，孩子们也一样，不愿与她交流，很少和她说话，没想到，这竟然成了莫大的遗憾。

朋友说，让他心灵阵痛的，是母亲得知自己生了大病的某一个夜里。那时候他正面临高考，熬夜复习着功课。上厕所的时候，无意间经过母亲的房间，看见她背对着他，双手抱膝，无声无息地坐在床上。那一刻，他第一次感到高大的母亲竟然也会如此弱小，月亮照着她蜷缩的身体，一半明亮，一半灰暗。

之后不久母亲就去世了。他说他特别后悔，那天晚上的那一刻，为什么就没有走过去，紧紧地抱住她呢！

另一位朋友也谈起了自己的母亲，他不介意我们知道她的名字——李桂花。说她是村里出了名的泼辣女人，高声大嗓，从不肯吃半点儿亏。小时候，他因为有这样的母亲，总是感到不太光彩，所以不愿意和她说话。令他想不到的是，某一天她竟然挨了父亲一个响亮的耳光，老实巴交的父亲大概也是气急了，才下此狠手。奇怪的是，她竟然没有还手，也没有和父亲争辩，一个人悄没声地在炕上躺了一下午。一家人忐忑不安，总觉得这平静是火山爆发的前奏。可是令人意外的是，到了做晚饭的时间，她准时爬起来，生火、淘米、洗菜，炊烟照常升起。朋友说，不知道具体什么原因，使母亲如此平静地面对父亲的那一巴掌，但他清楚地知道，这么多年以来，他们的一天三餐，从来没糊弄过。母亲把吃饭的事情看得很重。这就是母亲，发生了再大的事，也不忘把一家人的胃照顾得服服帖帖。

大哥养了很多羊，他说，有一只母羊，只能用“伟大”来形容，因为它生了一只又一只小羊，而且乳房饱满，似乎从来就没有被吃空过。

我想，那些乳汁就是滔滔不绝的母爱，流出去多少，便会注入多少。

小羊跪在母亲的乳房前吃奶，眼中闪现感恩的光。母羊则是温柔地舔舐着它，眼中同样闪现着慈爱的光。

这让我想到娜仁琪琪格的一个无比温存而美好的“愿望之诗”：

我愿北冰洋的积雪，生长出
越来越多的海豹、企鹅、北极熊
它们相亲相爱的样子，是多么可爱
它们热爱着自己的孩子
它们说，宝贝，亲爱的
所有的语言无以表达爱意，它们就

凝视、亲吻、抚摸、耳鬓厮磨……

光盯着这些词看，不用刻意去想象，也能感受到，那是怎样温馨而美好的画面。那凝视、亲吻、抚摸、耳鬓厮磨，皆为母爱的驱使。

小区有个疯女人，至于她是怎么疯的，直到后来才慢慢知晓。她疯得很严重，在马路中央撒尿，向路人打听死亡的时刻，向放学的小学生敬礼，一会儿骂交警，一会儿又帮他们指挥交通，一会儿吃土，一会儿烧书，霸占公用电话，不停地说："宝贝，天冷了，你穿棉袄了吗？你啥时候回来啊，妈妈想你……"

这个疯女人，或许什么都不记得了，但是她在拿起电话的那一刻，习惯性的唠叨便从嘴边淌了出来，像高处往低处流的水那般顺畅，像风吹开一朵花那般自然。

母亲的眼睛里含进去一朵云。我这样形容她在看一朵云时的情景。她的眼睛里已经发不出多少光亮来，多希望这朵云能治她的白内障，可以矫正她的青光眼，能让她更清楚地看清人间。可是她并不奢望看到太多，看看老伴儿，看看儿孙，她的心愿就合上了。

她终于还是告别了光亮。眼盲的母亲，指尖儿是她唯一的明亮。她开始轻轻地触碰我们，只一下，就认得出谁是谁，如探寻宝物一样，摸索着身边的每一个亲人。

她最多的动作，就是不停地去按墙壁上灯的开关，她置身于黑暗，便总是担心我们也身处暗境，她想给我们更多的光照。爱，是她唯一的明亮。

一路刮到天堂的风

一

人们都叫他风。

风是一个半疯子，每日在村子里嘻哈着脸，悠闲逛荡，真的像风一样。只是这风着实是有些恼人的，就像患了神经衰弱症的人越想着睡去，越能听见它不停地拍打着窗棂；就像早起的人刚刚打扫完院子，堆了一堆的垃圾，又被它吹散开来，使刚刚洁净的院子毁于一旦，人们索性丢了扫帚，愤愤地骂一句：这该死的风，来得真不是时候！

风是学习学傻的。高考意外落榜之后，他就把自己困在屋子里，不吃不喝，只顾拿着书本不停地读，就这样把自己学傻了。

风是太想考好了，结果到了考场，大脑一片空白。他总是和自己说，考上了好大学就有了好工作，就能把母亲接到城里去住楼房，把日子过得红红火火的，让抛弃他们母子的父亲后悔一辈子。那是他一直以来的梦想，可是这个梦想却变成了沉重的包袱，害了他。

风时而清醒，时而疯癫，所以他算是半个疯子。母亲倾家荡产给他治病，却因为操劳过度而撒手人寰，直到死，也没看到他的病有所好转。留下他自己在这人世间，领受着世间的悲苦。好在他是半个疯子，除了吃饭这个低级需要以外，别无他求。

最初的时候，邻居们看他可怜，总会送去些吃食。后来，人们就渐渐淡忘了他，当然，他饿的时候，总是会去邻居家讨要。邻居们大多也不太和他计较，都会不介意给他一些吃的，毕竟他是半个疯子。

刚开始疯的时候，风总是待在家里，盯着墙上那张母亲的黑白照片发呆，他大概有些想不明白，活生生的人，怎么一下子就跑到墙上去，不再下来了呢?

“妈！”他唤着，却无应声。屋子空荡荡的，他倒是不那么悲伤，认为那是母亲和他玩捉迷藏的游戏，他不知道她藏到了哪里，只是有些恼怒，这个游戏玩得有点久。

二

说风是半疯子，就是偶尔也会有清醒的时候，那是他最痛苦的时候，因为他会确定母亲不在了，因为他听得见人们喊他“疯子”，他真想找个地洞钻进去。

不过这样的时候是越来越少了，村里的人都觉得他已经完全疯了。

疯了也好，疯癫的时候，他就快乐了，会忘记人世间的很多事。

邻居们后来开始有些厌恶他了，因为他不再那么安静，开始东游西逛，竟干些遭人嫌恶的事情，比如，把谁家栽种的花儿拔下来，换个地方插上，那花自然就枯死了；比如，把谁家的栅栏门推倒，把人家的猪崽儿赶出来玩儿；比如，把一泡屎埋在地上，他躲在墙后头等着人去踩……因为这些，他没少挨揍。

挨揍了也不长记性，风照样乐此不疲地调皮捣蛋。时间长了，人们也就不再理他，任凭他自生自灭。孩子们哄闹着向他扔石子，他并不恼怒，以为孩子们在和他玩耍。他恼怒的是大人们把孩子们也一个个地叫走了，剩下他一个人，孤零零地在大街上游荡。风吹着他凌乱的衣衫，使他不得不缩着肩膀，仿佛霜打的茄子一般，无精打采。

小胖看他可怜，跑过去塞给他一个馒头，他早就饿着，仿佛一口便要吞下去的样子，可是到了嘴边，他却停住了，转而递给小胖，“我把馒头给你，你陪我玩儿好不好？”

和饥饿比起来，他似乎更怕的是孤独。他这样顽皮捣乱，大概就是要引起人们的注意，不要人们把他忽略掉吧。是啊，他也是一个活泼的生命啊！

小胖说：“好好好，我答应你，和你玩儿。”

风便狼吞虎咽地吃了起来。

小胖不胖，那是小时候家里人看他太瘦给他取的小名，希望他能胖起来；小胖不小，已经是个有了孩子的爸爸了，可是就像个长不大的孩子一样，喜欢和村子里的孩子们在一起玩耍疯闹，孩子们也都喜欢他这个“孩子头儿”。小胖总是很护着风，孩子们向风扔石子的时候，他就会把孩子们哄散，他似乎从来没把风当一个疯子来看。

所以，在人们忽略他忘记他的时候，小胖就是风唯一的玩伴。小胖总说，风是不该被遗忘的。小胖做了一个风车给他，告诉他，你奔跑起来，风车就会跟着你奔跑，你奔跑得越快，风车转得就越快。

那些寂寞的日子里，风便举着他的风车奔跑在风里，不知疲倦地奔跑，风与风交织缠绕到了一起，似乎已分不清哪个是天上的风，哪个是地上的风了。

三

当然，人们也有想起风的时候，那就是农忙时节。邻居们谁家地里的活儿忙不过来的时候，都会去找他，让他去地里跟着干活。他习惯模仿，别人在前头提着镰刀割稻子，他在后头跟着，和别人做得丝毫不差，别人哼着歌儿，他也跟着哼，调子也是丝毫不差。

这个时候，风竟是这样聪明的，人们乐于看到这样的风，“真是一个地地道道的好劳力呢！”人们看着他挥舞镰刀的背影，啧啧赞叹着。

风似乎听懂了人们的赞叹，变得乖了很多，闲下来的时候，就仰躺在稻草垛上，眯缝着眼，惬意地享受着阳光的轻抚。

烦躁的时候，他是暴风，席卷一切，蹦跳着，对这个世界宣泄着某种不满；安静的时候，他就是微风，呼吸是均匀的，世界变得如此美好。

所以农忙的时候，人们喜欢风，他吃得也比较好。冬天就不一样了，到了冬天，人们闲下来，每天无所事事，男人们聚到一起打打麻将，女人们凑到一起唠唠家常。人们便又集体忘记了风的存在。

直到有一天，地面上落了一层薄薄的雪。邻居拿着扫帚打扫院子，风也拿着一把扫帚，学着邻居的样子打扫起自家的院子来。

“打扫得真干净啊，像被风吹过了一样呢！”邻居过来对他说。

风高兴得手舞足蹈，他开始喜欢雪，因为下了雪，他就可以扫雪，就可以被人夸赞了，他也会兴高采烈地把左邻右舍的门口都打扫得干干净净。

果然，上天好像懂了他的心思一样，接二连三地下了几场小雪。这下，他可算找到一个好活计，天刚蒙蒙亮，人们就听到一把大扫帚“沙沙”响动的声响，邻居们在推开门的刹那，都会惊呼，风起得真早，风吹得真是干净呢！

风揲着袖，美滋滋地听着人们的赞叹。

小胖抱着孩子在屋子里招呼风，让他进来吃东西，他咧着嘴笑呵呵地刚走到门口，就被小胖媳妇给挡住了。

“就站这儿得了，别得寸进尺的。”她嫌风太脏了，不让他进屋。

“你就让他进来呗，人家都帮你扫院子了。”小胖对他媳妇说。

“一个疯子，值得你这么上心吗？”

“你觉得他是疯子，他就是疯子，你觉得他不是疯子，那么他就不是疯子。”

小胖知道媳妇儿的脾气，爱干净，心却挺善良的。也就不和她计较，拿了冒着热气的馒头给门口的风。

“什么叫疯子，为什么叫疯子？”小胖怀里的孩子天真地问着。

“疯子，就是风的孩子。”小胖的声音很低，仿佛只有他自己能够听到，“因为疯子疯起来的时候像一阵风，那么快乐，那么无拘无束。世间最快乐的是风，它没有翅膀，却可以飞遍世间的每一个角落，你看不见它，它却无所不在。”

风忽然间愣了一下，那一刻，他好像有些清醒，听到了那些话，也仿佛理解了那些话的意思，竟然有眼泪流了出来。

四

一场大雪铺天盖地而来，之前那几场零星的小雪似乎就是为了这场大雪而做的铺垫。风兴奋异常，独自站立在大雪中，挥舞着他的扫帚，像一个少林高僧一样，任凭天上的雪花漫天飞舞，他的身前身后竟无半点雪痕。

雪下了一夜，风整整奋战了一夜。

第二天早上，邻居们推开门，看到了清扫得干干净净的门口，看到了趴在雪地上的风，也看到了一摊血，红得耀眼，令人们无法睁开眼睛。

风是累死的，临死前他咯出了积闷于胸的心结，他可以轻轻松松地走了。

就在他死后的某一天，村里来了一个看上去很有钱的中年人，他向人们打听风的消息。

村里人认得他，他是风的父亲，他是来认儿子的。

“你来晚了，风是个好孩子，你不该弃了他。”小胖把他领到了风的墓前。

“儿啊，爹对不起你……”中年人在那个小土包前跪了下去，声嘶力竭地号哭了起来。

起风了，那风打着旋儿，就在那坟地的上空盘旋，然后依依不舍地离开，没有人注意到，那风里飘着一滴泪，仿佛整首欢乐的歌儿里，唯一的悲戚的音符，若隐若现，不仔细听，没有人会听出它的忧伤。

小胖说：“是风来回应你了，他不肯原谅你。”

中年人心里也清楚，他这一生都将被风缠绕，再无宁日。

从那以后，很长一段时间，村子里都没下过雪了。似乎，雪都被风扫光了。

渐渐地，人们不再谈起风，这一次似乎真的要将风遗忘了。但是人们错了，因为风已经扎根在这里，和那百年的老树、老井，生生不息的炊烟一样，正在慢慢成为乡村的魂魄。

风是从午夜时分开始刮起来的，整整半个晚上没有停歇，似乎要一路刮到天堂去。人们熟睡着，偶尔有起夜的人，听到窗外沙沙的声响，不自觉地就嘟囔了一句：这孩子，又起了这么大早！

点石成金：

写作此文，旨在唤醒人们对那些残障人士的关爱。

通篇有一种悲悯的味道，有一种对弱势群体的人文关怀。残障人也有着和正常人一样的情感和需要，他们的内心深处一样有月光、海浪等美好的事物，人们往往忽略了这一点，难道他们还不如一只小猫小狗吗？难道他们不应该得到同类的关爱呵护吗？

如果你能仔细地聆听，会发现他们的内心，一样有琴弦、鸟语和风声。

张开你的拥抱，爱他们吧！

唤醒朵儿的心

女儿的学校组织学生去女子监狱进行感化教育，在那里，每个学生都有机会和那些犯了法的女犯人们面对面地交流。女儿回来和我说，她头一次看到女犯人，并没有想象中的那么坏，相反，她觉得那里的阿姨都很可怜，“不能穿漂亮的裙子，不能梳好看的发型，哎，早知今日何必当初呢！”女儿一边叹息一边像个小大人似的替她们惋惜着，脸上一副忧心忡忡的模样。

老师让学生与女犯人结了对子，定期来监狱进行“心灵救赎”。与女儿结对子的女犯人30岁左右，“长得好看，很慈祥，一点儿也不像个坏人”，这是女儿对她的评价。她摩挲着女儿的头说：“我的女儿也像你这么大。”她说她贪污了信用社里的钱，她说她只想着给孩子准备好灿烂的前程，没想到，竟然身陷囹圄。她说她很想见女儿一面，可是女儿写信来，嫌她是劳改犯，同学们常常嘲笑她。女儿恨她，不肯见她。

她说她的女儿叫朵儿，鲜花一样的朵儿，每个夜晚都在她的梦里盛开。

女儿问了朵儿的学校，她想帮帮和她结了对子的阿姨。她觉得既然结了对子，两个人就是好朋友了，她有责任帮她的朋友。

女儿果真找到了朵儿，并不像她妈妈说的那样——鲜花一样的朵儿。相反，她觉得这个朵儿有些萎靡不振，有点自暴自弃。她对朵儿说，去看看你妈妈吧，她很想你。可是朵儿一下子变了脸色，她说她不会去看她妈妈的，她说她心里的妈妈已经死掉了。

女儿坚持不懈地去了好几趟，都是无功而返。无论女儿说什么，朵儿就是不肯去看她的妈妈。

女儿回家，一脸愁容，向我讨法子。我想到了一个办法。我给了她几粒花籽儿，让她告诉朵儿，是她妈妈捎给她的，如果种子发芽了，就说明妈妈一定会改过自新，重新做人，朵儿就要答应去看妈妈。

女儿把我的想法告诉了朵儿，朵儿同意了。

“把这个花盆放我家吧，我替你看着，等发芽了我告诉你。”女儿对朵儿说，朵儿点点头。

从此，这两个小人儿就多了一份差事，每天放学后都会跑到我家的阳台上，精心地照顾她们的花籽，焦急地盼着它早日发芽。她们一边写作业一边和花盆里的种子聊天，她们固执地认为，种子能听见她们的话。她们对着花盆喃喃低语，似乎在与它彼此承诺着什么。女儿自信地说，种子听了我的话，它一定会很快发芽，很快开出鲜花来的。女儿也会把朵儿妈妈的近况绘声绘色地描述给朵儿，告诉她，妈妈是如何地想念朵儿。每一次，都会把朵儿说得掉下很多眼泪来。

有一天，天空阴得厉害，我接到了女儿打来的电话。她在电话那边气喘吁吁地说：“爸，你快回家一趟，把朵儿拿到屋子里，我怕下大雨，把朵儿淋坏了……”女儿把她种下的花籽也叫朵儿，或许是她觉得，那种下的本来就是朵儿的心吧。圣旨已下，多忙的事情也得靠边站。我知道，那个花盆里孕育着一个心灵的世界，我不敢怠慢。

过了大概有十多天，那种子终于颤巍巍地露出头来，在那个清风徐徐的早晨，它左瞧瞧右看看，对这个陌生的世界充满好奇。

女儿一个劲儿地揉着眼睛，不敢相信这个事实。她捧着花盆，和那个初出茅庐的小家伙打着招呼：“朵儿，让我领你去看你的妈妈，好不好？”朵儿点点头。

朵儿的心，就那样发芽了。

我帮女儿找来一个罐头瓶子，把朵儿罩上，瓶子里沁着一粒粒生命成长过程中的汗珠。

又一个“感化日”的时候，她们俩拿着那盆花，来到监狱。

女儿回家对我说，她看到朵儿的妈妈搂着朵儿哭得像个泪人似的。她还看到朵儿一会儿哭一会儿笑的，她说她们娘俩，就像一大一小两朵开得正艳的花。

从那次“感化日”后，老师为孩子们布置了新的任务，让每个学生都养一盆花，送给与自己结对的阿姨。

“爸爸，朵儿会开花吗？”女儿问我。

“每一粒花籽都是一个沉睡着的生命，”我对我的女儿说，“你已经唤醒了它，那么它就一定能够开成世界上最艳丽的花。”女儿若有所思地点点头。

我知道，女儿小小的心已经开花了，因为她唤醒了爱的种子。

一首背井离乡的诗

她说，“我不是去流亡，而是换一种更好的方式活着。”

她说她不是叛逆的植物，她的根在故乡，她只是一首背井离乡的诗。

不论那诗句多美、多忧伤，都在和故乡的根押着韵脚。

只有背弃了心的人，才是真正的背井离乡。而她不是。

尽管故乡离得很远，远得连记忆都有些追不上。这样的凄惶，是人心上看不见却最深的伤痕吧。

有时她在想，即使是一棵树上万千叶子中最卑微的那一枚，不同样要经历浩荡的“秋劫”？一场场冰冷的雨，一次次似雪的霜，一阵阵蚀骨的风，一回回摇摇欲坠的恐慌……谁避免得了人世的痛楚，哪枚叶子避免得了被拖入深秋时的凄凉？

叶子落了，也好。可以归根。

这样想的时候，她终于释怀，坐下来，冲了一杯浓浓的咖啡。

这是一个漂泊在外的女人，在寂寥的时刻，为自己补的妆。

或许，这便是生活。

看过一部叫《醉马时刻》的电影，讲的是两伊战争时伊朗的故事。在贫瘠的两伊交接地带，因为战争的残酷，那里的人民生活非常贫穷，只有靠畜力来运输走私物品方得维持生计。看到为了救自己重病的哥哥，妹妹准备远嫁伊拉克，而嫁妆只是一匹瘦小的马时，我被骑在马背上的同样瘦小的、哭泣着的妹妹的眼泪打动了，这两个一直对立着的国家，妹妹嫁过去，不知道会有怎样的生活，不知道会遭遇什么样的命运，她的丈夫是什么人，她什么时候才能回到自己的祖国？

这个背井离乡的女孩，是一首伤感的诗。

我枕边的一本书《孤独有期，重逢可待》上，有宋美龄在惊闻宋庆龄逝世的噩耗后的一段谈话记录：

“我本不该惊悚若此等情形的。二姐久病，已非秘事。我之所以惊悚与其说是因了她永去，不如说是因了这永去留给我的孤独。

好在孤独有期，而重逢是可待的。

此刻，往事愈远愈清晰地现于眼前。

二姐的性格却与我迥异。她是宁静的，我是活跃的。她是独爱沉思的，我却热衷于谈笑。多少次同友人们聚谈，她总是含笑静听，有时竟退到窗下帷边去；但我说笑最忘情的那一刻，也总感觉着她的存在。她偶尔的一瞥，或如摩挲，或如指令，都在无言间传予了我。

三姐妹中，挑起些事端的，自常是我。而先或为了哪个洋囡囡，后或为了哪条饰带，在我与大姐间生出争执的时刻，轻悄悄走来调停的也总是二姐。她常一手扶着我的肩，另一手挽了大姐的臂，引我们去散步；争执也就在那挽臂扶肩的一瞬间消去。

此刻，遥望故国旧都，我竟已无泪。所余唯一颗爱心而已。这爱心，也只有在梦中奉上。”

读到此，我不禁唏嘘不已。所幸还有梦，可以将一颗破碎的心愈合。在梦里，两个被政治活生生拆散的姐妹，注定无法融合到一起的两颗最耀眼的星，抛开了不同的政见和仇怨，拥抱到了一起。

而宋美龄，也算是一首背井离乡的诗吧。

我读过这样一首诗：

那个女孩在门槛边擦鼻涕。
那个少女在田野抹额上的头发。
那个姑娘在发廊里洗头，眼睛
从镜子里的眼睛后躲开。
那个小姐在黑夜的旅馆打开自己，在黎明的出租屋
用眼泪缝补。
那个女人在异乡
遭到生活的A级通缉。
那个老妇的骨灰在火葬场
无人认领。

这已经不是一首简单的背井离乡的诗了，而是一阕关于一个凄苦的女人一生的悼词。

如今，我也在外面。与故乡遥遥相望。

我是一首背井离乡的诗。乡愁是我的韵律。

正如我的记忆，有母亲路过的地方就有温馨。哪怕在睡梦中，我的唇边也一样开着不败的幸福的笑靥。每个人，都有属于自己的一片海洋，有些人，一辈子只在梦中抵达。有些人，无时无刻不在它的身旁徜徉。

不管你走多远，不管你走多久，母亲和故乡，永远是我们灵魂外面最温暖的两件外衣，永远是我们灵魂里面最亮的两盏灯。

别忘了穿，别忘了拧亮。

听音乐的乞丐

一个是音乐家，一个是乞丐。他们在大街上相遇了。

音乐家是个乐善好施的人，他看到了乞丐，本能地停在他面前，去掏自己的口袋。可尴尬的是，他的身上一分钱都没有带。

乞丐看着他，眼中满是期待。

音乐家的善举搁浅了，但怜悯之心仍在。他无措地站在那里。乞丐似乎看出了他的窘境，看到他手里提着一把二胡，想了想说：你能给我拉一段二胡吗？

音乐家先是愣了一下，然后点了点头。

音乐家全神贯注地为他拉了一段《二泉映月》，让他感到惊奇的是，在他拉完的时候，乞丐竟然使劲地鼓起掌来。

你听得懂吗？音乐家问乞丐。

不，乞丐说，我只知道这玩意儿很好听。

你为什么要听我的音乐呢？音乐家问他，他觉得乞丐此刻最应该关心的是怎样打败饥饿。

是的。乞丐说，我的生命里只有一个想法，怎样才能填饱肚子。但现在，我吃饱了。

这大概是世界上最廉价的快乐了吧，吃饱了，便快乐了。

这就是乞丐的从容，懂得享受满足，快乐地活着。他们吃饱的时候，也会露出优雅的神情，微笑着欣赏街头的美女；也会随着路边音箱里的流行歌曲哼哼唧唧，并有节奏地摆动身体；也会和同伴谈论天气，像那些绅士一样；也会关心时事，煞有介事地为国计民生表达他们的忧虑；也会向那些或是在举行婚礼，或是在庆祝成功的幸福的人们表示祝福，而不是嫉妒和诅咒……

尽管，他们微笑的时刻会让很多人无法理解。但这个世界就是这样的，总有一半的人不能理解另一半人的从容和快乐。

在影片《救赎》里，我听到了这样的一段对话，黑帮头目问一个乞丐，你为什么还要活着，像狗一样活着？乞丐却对他说，因为这双手，我仍能感受到阳光的温暖。

乞丐对生活的信念如同一缕阳光，照进了那个黑帮头目的心灵，让他在短短的六天时间里，灵魂得到了救赎。

这大概就是乞丐们的哲学：不要给我太多，那样我便不会容易满足，便少了快乐，我所享受的只是不会死去，如同动物一般，为觅食而活，除此之外，便是享受自然恩赐给我的阳光，生活仅此而已，我们这些凡人又在挣扎什么？

有些心愿，追不上流星

我最不能忘怀的，是我的童年。

因为爷爷家在乡下，所以我经常回老家玩。每次回老家，印象最深的是，爷爷总会端出香喷喷、热腾腾的鲜美鸡汤，喝得我美滋滋的。上小学了，假期我又去乡下老家，爷爷特地从邻居家抓了一只大公鸡来宰杀，不知是刀不快还是技术不过关，公鸡拖着被割了一半的脖子，满院子跑，血像喷泉一般涌出。晚上，我做了一个噩梦：一只没有头的公鸡在后面紧追不舍，我跑啊跑，总也摆不脱。醒过来，才发现惊出了一身的冷汗。

无忧无虑的童年，日子一天一天过去了。我还是经常回爷爷家，经常喝美味的鸡汤。但是，这些幸福的时光，突然在爷爷患病后中止了。

我到医院去看爷爷，发现爷爷身上插满了各式各样的管子，话都不能说，只能以纸笔代言；饭也不能吃，靠吃流食和打营养液维持。全家老小，络绎不绝地来探望，讲讲家里的琐事，邻里间好笑的事，开开玩笑，为的是让重病的爷爷高兴。躺在病床上一动不动的爷爷，似乎也听得笑眯眯，挺开心的。

人人见爷爷，谈到病情，都说：这是小毛病，治一下就会好的。但在背后，所有的人都知道爷爷的病八成是好不了。人们痛哭流涕，但还是隐瞒着爷爷，为的是让他去世前能过得开心一些。

爷爷的身体越来越衰弱，最后开始呼吸困难、呕吐、便秘、水肿，他痛苦异常，却无法述说，让亲人们好不伤心。医生也说，爷爷是无法康复了，浑身插满的管子也难以挽救他的生命，至多能延长一点时间而已，大家要有思想准备。那时，我还不太懂这些，只是想，爷爷可能再也不能陪我玩了，再也不能俩人面对面地盘腿坐着，喜滋滋地对喝美味的鸡汤了。奶奶睁着哭肿的双眼，看着痛苦而又无法言说的爷爷，心中悲痛万分。大家只能眼睁睁地瞧着爷爷在病床上痛苦地挣扎了好几个星期，才咽下最后一口气。

丧事办完后，爸爸妈妈整理爷爷的遗物，找到一个小笔记本，里面记载着爷爷想做却没有能做的事情，比如，希望把被赶出家门的伯父找回来；在奶奶生日时，买一只昂贵的戒指当礼物，并庆祝他们结婚五十周年；尤其让我感到难过，一下子泪雨滂沱的是，爷爷说他希望他的病快点好起来，再为自己的孙子杀鸡做鸡汤。如此等等，还有许多零零碎碎的愿望。爸妈看着看着，大哭起来，心中好生后悔：为何在爷爷生病期间，不及时将真实的病情告诉他，让他有时间来完成自己的心愿，大家也可帮助爷爷做到这一点，让他没有遗憾地离开这个世界。如今，天人相隔，爷爷永远不能完成自己的种种心愿了。

记得影片《停不了的爱》中有这样的台词：

小时候，看着满天的星斗，当流星飞过的时候，却总是来不及许愿，长大了，遇见了自己真正喜欢的人，却还是来不及……

人世间的种种心愿，或许真的无法追上流星的脚步，但是无论如何，请让我们把这首《祝你生日快乐》的歌唱完吧，虽然不能给你翅膀，但能给你最真诚的祈祷，祈祷流星的脚步慢下来，祈祷尘世的每一颗心，都能抓紧时间去许愿，抓紧时间去爱，抓紧时间去追赶稍纵即逝的幸福……

我是我们的偏旁

灯是灯笼的灯，去向不明；我是我们的我，扎根于此。

巴枯宁说："我不想成为我，我想成为我们。"我是小溪，我们是海。小溪只能孤独地蜿蜒慢行，海却具有吞噬一切的力量，团结的力量。

两天前，你终于还是没能战胜病魔，独自离去了。你是与我灵魂相惜的少数几个人中的一个，我困在离别的悲伤里，难以自拔。该怎么形容你的离去？茧上的丝，一根一根抽走，你能想到那种绝望吗？不是花离开春天，是香离开花；不是水离开河流，是鱼离开水。

你走了，我便是残缺的我们，我是我们的偏旁。孤独的偏旁。

从"我们"抽身而出，带着撕裂感。我不知该如何形容你的离去，我花了极大的气力，才让自己稍感平复。

如果"死"是不吉利的，我愿意把这个汉字五马分尸。我们铁了心说要一起终老的，可如今，我只能试着从乌龟的胃里，取走秤砣。[①]

---

① 取自俗语："八王吃秤砣，铁了心。"

时下里，越来越多的老年人开始喜欢搭伴儿养老，几个要好的朋友去同一家养老院，条件好一点儿的，建造一个类似于小庄园的场所，要好的朋友都生活在一起，彼此有个照料，最主要的是彼此能取个暖。生命的最后时光，灵魂相近的人，要一起走。

我们也有过那样的愿望，只是，我们刚刚翻过中年的山峰，你就私自跑掉了，放了我们的鸽子。

某一刻，我数起了一生的悲欢。欢乐无多，悲却不少。比如，一生都到不了的地方，永远不会与我和解的生活。比如，久久伴随我的那些不安……它们，有些是我的，但更多的，是我们的。

我不过是拿着话筒而已，发声的，是我们。

我是我们的偏旁，我在这里写下的，就是我们心里想说的——

所有的凋零里，都埋藏着一场盛大的花事；所有的漂流里，都激荡着无以复加的安稳。

一生中相同的日子太多，多得让我们想不起来去珍惜，一场叶落或者一次花开。我接住一片叶子，就跟着它经历了一次死亡；我扶起一棵幼苗，就跟着它获得了一次重生。

车站里有各种各样的人，就是没有了我要找的你。

晚睡的人，都是宽恕了孤独的人。

有些人在爱的时候，也像在恨。

孤独是一味药，可以治疗孤独。

太阳西沉，人世的幕布每天都要关上，送别一些人，第二天再拉开，迎接一些人。

这世界从来不缺少值得歌颂的事物和爱，也不缺少诅咒和恨。

……

老了，爱重复说话，我写下的这些，再也无法当面读给你听，但我知道，这些孤独的想法，你一定还是感受得到。

老了，爱随手关灯，爱打盹儿，可是夜里又睡不着。看着对面楼的一扇扇窗子，次第关了灯，慢慢地，全都关掉了。我望着它们，想象每一扇窗子里发生的故事。喜欢趴窗户的胖小子，从婴儿到少年，我一路看过来。爱吵架的夫妻，吵了十多年，两个人的脾气还是没有一丁点儿的改变。剧情经常会重复，有一种恍若隔世之感。常青藤又高出一点儿，马上就爬到第五层楼的窗边了，这是唯一的变化，提醒我，日子向上爬着，离阳光又近了一寸。

我们的生命里有太多的石子，有些是你自己捡的，有些是别人给你的，那些冷言冷语是石子，那些嘲弄和诋毁是石子，每一颗都会令你头破血流。

生活有很多不平，这些石子，是不是可以派上一点用场?

人浮于事，多半需要自救。我们看似平静，却没有人知道，我们内心的水深火热。

我拿着话筒，我们在发声。我是我们的偏旁，我们是我的岸。我若凋零，我们便临近枯萎。我们若离散，我便提前把哀歌唱遍。

我很冷，我想你能回来，陪我猛灌两碗酒，就着三两风，几片雪。

我很孤独，我想成为，我们。

心是天然的乐坊

最初的心，本是天然的乐坊，能奏出迷人的天籁。每个人，都有机会成为人生的演奏家。不论欢欣，还是悲苦，都可以调出不同的音色。

可是有些人的心，最后，却变成了一间染坊，良莠不分、鱼目混珠。

一个孩子，在他的奶奶死掉的时候，哭得很伤心，因为没有人再为他讲故事，没有人再为他从那破柜子里变戏法儿一样地变出好吃的东西来。长大以后的某一天，父母也死掉了，他却笑了。因为少了两张嘴吃饭，他能省下更多的钱来，而且女朋友那个关于“选择我还是选择你爸妈”的难题也迎刃而解了。

到底是什么，使一颗原本纯真的心掺杂了那么多的杂音呢？

我有一个从小一起长大的玩伴，喜欢每天黄昏在大树底下，怀抱着他的破木吉他，唱着忧伤的歌儿。那时候的他像水一样纯净，眼睛里总是泛着清澈的光。他有过闯荡乐坛的梦想，但现实的窘境令他的梦想夭折。他将他的吉他束之高阁，再没听他弹唱一次。后来他去了外省，打拼了好多年，再回来的时候，已经算是个成功人士了。他做了商人，为了利益免不了做了些不地道的事情。回到他家的老房子，他取下那把落满尘灰的吉他，想再弹唱一遍很多年前唱过的歌儿，可是他发现，吉他的弦音已经不准，他调试了好几遍也没能调回来。他放弃了，他说，心境变了，吉他的音色就跟着变了。

再后来，听说他搞了一次大规模的非法集资，被判了刑。

这就是一个生命的成长历程吗？这中间到底发生了什么无从知晓。令人唏嘘的是，这原本是一颗向着阳光蹦跳而去的音符，却如何就跌到了黑暗的谷底了呢？

法国作家朱尔·勒纳尔说，做一星期的正派人要比做十五分钟的英雄困难得多。

是啊，世间最不可揣度的是人心。在生活的水面上，有的人可以成为浮萍，有的人可以成为航标。

同样是坠落，有的灵魂是沉沦，有的灵魂是沉淀；同样是升腾，有的灵魂是烟花，有的灵魂是翅膀。

有时候，觉得我们是一群老鼠，一群无所事事的只会打洞的老鼠，把生活咬得千疮百孔。尤其是人到中年，越来越感到岁月的压迫。生活驱赶着我们，一直走，一直走。在一个欲望与另一个欲望之间，跑个不停，像一个刚刚学步的孩子，渴望奔跑，却不停地跌倒。

我们就这样习惯了奔跑，盯着前面的欲望号街车，我们不会认错它，就像绝对不会认错钞票一样，哪怕那钞票上沾着油垢、汗渍、血和病毒。

我们奔跑着，略去了身边的许多好光阴，也关紧了心口的窗子，错过了人与人之间的许多好景致。作家钱海燕说过：现在的人敞开心胸，大概只有在手术台上。我们把心设防得太紧，不留一丝缝隙。是怕外面的风雨，吹痛淋伤了自己，也是害怕自己的庄稼，被别人收割，哪怕仅仅一根稻穗。

人要学会尽力去降低一些欲望，那时你会发现，你真的可以变得很轻盈。

阳光出来的时候，我将双手举过头顶，最大限度地去和太阳亲近，那时，我的手如同树枝，枝丫间有阳光跳跃。夜里的时候，我累了，两只手就像两只小狗，静卧身边。我就是要这样的自然。一瓣心的随遇而安，一颗魂灵的水到渠成。

每个人从降生的时候起，上帝都会在他们幼小的心上，放置一根琴弦。有些人懂得呵护，演奏一生，陶醉了别人也愉悦了自己。有的人不懂珍惜，只为功利而忙，冷落了那琴弦，时间一长，鼠咬虫蚀，弦便断了。

我试着把心打开，让阳光来弹奏我的琴弦。太阳怎样教导一株小树，我就怎样教导我的孩子。爱长多高就长多高吧，把欢乐拴在风的尾巴上。我会让我的孩子贴紧我的胸膛，告诉她，她也有属于她自己的琴弦，琴弦上有月光，有火焰，有花朵，有海洋……一生能弹出多少动听的音色，就能领略多少迷人的风光。

最初的小小的心啊，本就是天然的乐坊！

一月的两张脸和二月的短尾巴

一月的两张脸

来到一月的门槛前，别急着迈过去，来摸摸它的两张脸。

在罗马传说中，有一位名叫雅努斯的守护神，生有前后两张脸，一张回顾过去，一张眺望未来。人们认为选择他的名字作为除旧迎新的第一个月月名，很有意义。

每个人都有两个口袋，一个装满怀念，另一个装满畅想。

一段逝去的青春，这是每个人都要留下的。回忆是一座高高的塔，我们留下的那些脚印就是一块块砖头，我们总是习惯慷慨激昂地前行，充满忧伤地回望，殊不知，哗哗流淌的岁月，并无半点伤感与欢欣，就那么麻木地，如一阵风咆哮而过。

岁月无情，岁月深处的我们，是有情的。在怀念里，总有盈盈的爱意，暗流涌动。岁月喜欢牵着人走，在岁月后头，我们都是乖乖的小猫小狗，你可以走出一个街镇，走出一个城市，甚至走出一个国家，但你永远无法走到岁月的前头。

既然无法走到岁月的前头，那就去展望吧。展望孩子葵花般天天向上，展望老人槐树般日日康健；展望爱情花开正艳，展望友谊满树荫凉……散碎的各种关于幸福的祷告，大珠小珠落玉盘。

岁月喜欢暗示，它总是偷偷地在你的鬓角埋伏一根白发，在你的额头放养一尾皱纹，让你对着镜子感叹它马不停蹄地奔跑。

站在一月的门槛前，爱或者不爱，你都要回一下头啊——

别疼了你身后的岁月，和岁月深处那双凝望你的眼眸。

二月的短尾巴

二月是兔子，有个短尾巴。

每年二月初，罗马人民都要杀牲饮酒，欢庆菲勃卢姆节。这一天，人们用一种鞭子抽打不育的妇女，以求怀孕生子。这一天，人们还要忏悔自己过去一年的罪过，洗刷自己的灵魂，求得神明的饶恕，使自己成为一个贞洁的人。

为什么独独二月有个最短的尾巴呢？罗马皇帝儒略·恺撒修改历法时，本来规定每年十二个月里，逢单是大月三十一日，逢双是小月三十日，但是这样算下来，一年就变成三百六十六日，所以必须设法在这一年扣去一天。那时候判处死刑的人犯均在二月执行，因此人们认为二月是不吉利的月份，既然要扣除一天，那就从二月扣掉好了，让不吉利的日子减少一天，这样二月就变成了二十九日。后来奥古斯都继恺撒之后当了罗马皇帝，他发现恺撒是七月出生的，而七月是逢单为大月三十一日，他不服气，为了表示自己也伟大，就把自己八月出生的月份改为大月三十一日。糟了，又多出一天怎么办？嘿，接着到二月去扣除，谁让它不吉利了呢！二月就变成了二十八日。

二月是不吉利的？恐怕人们早已不那么认为了。不然就不会把浪漫的情人节放到这个月份里去了。我宁愿相信，因为这个节日过于绚烂，所以岁月愿意拿出两天去交换它。就像有些痴情的人，愿意拿一生去换取与知心人的一次深情的凝视，一个短短的相拥。

岁月不论长短，都在向前奔走。生活一天天继续，或者今天你笑他哭，或者明天你哭他笑，但大多数人还是沉默着，忘记了哭和笑。

去品尝爱吧，趁着年轻的心尚未麻木；咀嚼生活吧，趁着坚强的牙齿还不曾松动。

一头牛的生日

再过几天就是正月二十了。栓柱说，他要回家给父亲过生日。

“不就是给老头过生日吗？有什么大不了的，等你挣了钱，给他多买点好吃的不就有了。”工头不给假，说现在工地上正缺人手，不能耽搁工期。

栓柱就开始郁闷起来，他很长时间就开始惦记这个日子了，如果他回不去，会憋出毛病来。

“就一天还不行吗？”栓柱哀求着，“我回去给老爸下个跪就回来。”

工头却是个冷血的主，不管栓柱怎么软磨硬泡，他就是不开面。

栓柱私下里愤愤地骂道：“那混蛋的心莫不是块铁疙瘩！”

也活该栓柱运气好，没过两天，因为工程资金周转上的问题，工地上停工待料，工人们暂时放了假。栓柱和我比较要好，说我待着也是待着，非要拽着我跟他回趟老家。

我执意要去定做个蛋糕，栓柱不让，他说农村人不兴这个。一路上，栓柱为我讲了很多关于他父亲的事情。栓柱说，父亲是村里少数几个不算太老的老人，还残存着一把力气，还可以麻利地背起犁耙赶上牛，用满是锈斑的犁铧翻耕。这让不少村人羡慕不已。

在栓柱的描述中，我看到这样的场景：犁在父亲手中躺着，竹枝在牛背上响起，在抑扬顿挫的吆喝声之后，犁铧与温热的土地亲吻。几个回转后，犁铧就变得熠熠有光。那种时刻，父亲虽然累着，但却是快乐的。

说起父亲，栓柱滔滔不绝，而且像个诗人一样，话语中掺进了很多抒情的成分！

我听得入神，在栓柱的口中，他的父亲是那样富有生气，让我忽然有一种想迫切见到他的欲望呢！

进了村，栓柱并没有把我领回他的家，而是径自向旷野走去，他说那里正在举行一个盛大的仪式。

“不会吧，你父亲那么有名望，要全村人都给他庆贺生日？”我开玩笑说。

栓柱并不解释，说到地方你就知道了。

然后，我便看到了令我一生都为之震惊的场面：全村的人把牛都赶到了一起，把采集来的青草撒到它们面前。然后，所有的人毫无例外地，齐刷刷地跪了下去！

“这就是我‘父亲’的生日。”栓柱说，“父亲告诉我，不管多忙，都要想办法赶回来，给咱家的牛过生日。”

原来，这是他们村里一个很特别的习俗：把正月二十定为了牛的生日。老一辈的人固执地认为，世间的第一头牛，就是在这一天降生的。

这一天，人们不分男女老幼，纷纷拿起镰刀，去为牛割新鲜的草。冬天里根本没有地方可以割到青草，人们就去雪地里挖。有一些没来得及枯死的草被早早降临的雪覆盖，人们小心翼翼地将它们挖出来，轻轻放到篮子里，仿佛放进去一个愿望。

在雪的覆盖下，每一处淡淡的绿色，都会令人们欣喜若狂。

栓柱说，这一天，父亲不仅给牛吃最新鲜的草，还灌了半桶温热的米汤。他将母亲准备给他吃的鸡蛋也泡进米汤里，他一手握牛角，一手抚摸牛背，像爱抚自己的孩子一般。父亲会整整一宿守在牛栏里，躺在草堆上痴痴地望着牛一口一口地吃草。每隔半个时辰，父亲总要拿起竹扫帚清扫它身上的灰土，捋顺它身上的毛……那种细微的爱，令人感动。

在那个时候，拥有一头牛就是一种荣耀，更是一种盼头。牛似乎也知道了这一天的含义，心安理得地享用着人们的精心爱护。

春天是播种的时节，牛是他们唯一的依靠。壮实的男人们都去城里打工了，家里只剩下妇女和老弱病残。春天是让他们最头疼的季节，他们没有力气，可在牛的后头扶犁铧却是需要力气的，你要把犁铧深深地往地下插入，让土地翻滚出浓浓的黑色和潮湿的气息。更头疼的是那些买不起牛的人家，只好等着借别人家的牛来耕地，所以总能在田地里看到那样的场面：一头牛艰难劳作着，借牛的人用最轻的力气小心鞭打着它的脊背。而田地边上，肯定有一个人望着那头牛，眼睛里写满了心疼，而又不能轻易流露出来。只好操着手、驼着背，在那里来来回回地踱步，背影沉重，仿佛在替牛分担苦累。

这就是我们的牛和我们的父亲，他们如此相像，如同孪生的兄弟。

那一刻，与其说他们在为牛下跪，不如说是在为他们的庄稼祈祷。因为最艰苦的工作马上就要开始了。这种跪拜，是在向一种高贵的灵魂敬礼，它们沉默，没有声响，却更深地叩击着我们的心。

见我呆愣在那里，栓柱拉了拉我的衣襟说，跪吧，就当是跪父亲了。

我双膝着地。我想我只能用这种方式，才能倾听到那些沉默的灵魂里的话语。栓柱说得对，此刻，我们所跪拜的牛，就是我们的父亲！

翅膀与跑鞋

有时候，不切实际的梦想会毁掉你的生活。

我有一个和我从小一起长大的朋友，什么事都想逞个强，按理，这也是好事，毕竟是男人嘛，谁也不想甘居人后。可是，如果方法不对，一切都会是虚幻的。

从一开始他就和我较着劲儿。我们都是高考落榜生，那段日子，他和我一样，也都是怀着另一番大志的，虽然考试落榜了，心没有落榜。打心眼里要和那些上了大学的同学比一比，看将来谁更有出息。

我每天坚持学习和写作，他也跟着效仿，写出一些不伦不类的诗歌来。经常拿来向我炫耀，说有一天要出版一本诗集呢。而我并不着急去写，而是夜以继日地看书，补充知识营养，我觉得那时候的自己就像是一个空气球，看着个儿挺大，里面没东西。我看名著，里面精彩的段落我会看上好几遍，基本上都能达到耳熟能详的地步。我背唐诗宋词，一大本一大本地背。他看到我这样用功，也来了劲头。买回一本厚厚的《辞海》，他说你不是背唐诗宋词吗？那我就背《辞海》！我真佩服他的勇气，他也确实背了一个月，那本《辞海》的前20页被他背得滚瓜烂熟，你随便挑一个词，他都会一字不落地说出词条的意思和出处。

我告诉他，如果不会应用这些词语，那就算把整本《辞海》背下来又有什么用处呢？他有所顿悟的样子，舍弃了这项“伟大事业”，转而继续操练他那高深莫测的诗歌。一条死胡同，他走了整整八年。八年里，他写了上千首诗歌，可是一本集子都没有出版过。而此刻，我已经在写作上略有了些名气。

他有些甚是不服气的样子，这八年里，他几乎是足不出户地在经营他的诗歌，而我却辗转腾挪，干过很多工作，只是利用业余时间来写作。他哀叹：有心栽花花不活，无心插柳柳成荫。我不置可否。

我劝他，先好好过日子，找个正经的营生，然后再去继续你的梦想。人总要先吃饱了肚子，才有力气去做梦啊。

他听我的，买了个三轮港田，每日里在县城的大街小巷穿梭。之后，我们各自成了家。让人意想不到的是，他找的媳妇竟然是个文学爱好者，也很漂亮，愣是被他那些天文一般的诗歌给迷住了。

这媳妇也和他一样，有点“一根筋”，对他写诗大力支持，自己在外面打了好几份工，以便让他有更多的时间在家里写作。有了这个坚强的后盾，他写得更来劲了。几千首诗歌猛增到几万首。然，依旧没有出版社肯出版他的诗歌。

我是绝无半点诋毁他的意思，如果他能够博览群书，充分调动和运用他的智慧，再加上一些灵性和悟性，没准也能成为一个像博尔赫斯那样的大诗人，可是前提是，他拒绝看书，整天挖空了心思闭门造车，这样的诗歌怎么会有灵动的气息呢？

与此同时，我成了一些畅销杂志的签约作家，这一点很让他嫉妒。他终于不想再钻牛角尖了，不再写诗（好像能写的都被他写绝了），而改写散文了。

他向我要了一大堆编辑的邮箱，他说他要像我一样，靠稿费过日子。

他把自己写的诗歌、散文，一股脑地向那些邮箱倾倒进去，无奈个个都石沉大海，很久没有音息。他倒是不灰心，每天写了新东西，就往那些邮箱里发一份，也不管题材和那些杂志是否能靠上边。

他想着另辟蹊径，他觉得能不能发表文章，都是编辑一句话的事情。他和媳妇商量，他想和那些编辑们疏通一下关系。媳妇面有愠色，无奈他决心已定。媳妇节衣缩食，辛辛苦苦攒下的几千块钱，他都带上了，按照杂志上的地址，挨个地去拜访。

时间过去很久，他和编辑们倒是打得火热，无奈他的文章着实无法发表，他又不肯静下心来，潜心研究写作，总是梦想着有那么一天，一鸣惊人。终于有一天，他那个文学爱好者媳妇再也无法忍受他，弃他而去。

有这样两个人，要前往很远的同一个目的地。其中一个总是梦想着给自己插上翅膀，一下子就飞到那里，而另一个买了一双结实耐用的跑鞋，一刻不停地开始奔跑。所有人都知道，最后是谁到达了目的地。

一晃儿很长时间我们没有联系了，前几天，从朋友那里得到了关于他的最新消息：他把用来营生的港田卖掉，买回一台电脑，继续为他的梦想添薪加柴。

和他相比，我觉得自己就是那个穿跑鞋的人，每天不停地为自己补充能量，脚踏实地，一步一个脚印，努力使自己保持全新的状态，继而冲过一个个目标终点线。而他，就是想飞的那个人，却总是飞不起来。

成功的路上没有捷径。在奋斗的历程中，与其幻想着插上翅膀，不如去买双实实在在的跑鞋。

童年的药箱

子轩有一个小小的药箱，那是他从童年带过来的。那里面藏着一个除了他自己，没有人知道的秘密。

9岁的一天，他用一把小锤子敲了几下自己的手心，有点疼。他觉得很刺激很好玩，又多打了几下，大人们并没有斥责他，却也没有人过来疼惜他，都只是摸摸他的头，报之一笑：这孩子，多调皮。他心里忽然有点不愉快了，如果母亲在，一定会奔跑过来，把他的小手握在她温暖的手里，递到她的唇边，不停地哈着气。而自己却得意地笑着，因为一点都不疼，反倒被母亲弄得有点痒痒了。

他突发奇想，他想如果砸的是手背呢？劲再使得大一点，会不会很疼？会不会流出很多的血？那样就可以得到大人们的关爱了吧，也就可以不去上学，在家里可劲地玩积木盖房子了。

他为自己的想法激动不已，他在等待着某一天来实施他的计划。

他提前给自己做好了准备，给自己预备了一个小药箱，里面有止痛药和纱布，他想万一血流多了，人就会死掉的。所以自己要在流血的时候给自己包扎好，这可不是闹着玩的。

子轩的母亲在他6岁的时候因为一场大病撒手人寰，现在这个照顾他生活起居的女人是他的父亲给他找的继母。他的心思很重，仿佛把自己与世界隔绝开了。妈妈走了，他想再没有人来爱他了。

他从来没有叫过那个女人一声妈，而那个女人似乎也不在乎这些，每天只管埋头在厨房研究她的菜谱，她做的菜倒是蛮好吃的，而且一周保证每一天的菜式都不一样。她没有工作，就这样把自己喂得很肥，在他眼里，她不过是自己嘴馋而已，一个典型的好吃懒做的女人。

可就是这个女人唯一值得称道的厨艺，近来也是大打折扣，做的菜不再像以前那么好吃了。

有一天，他无意间听到父亲在厨房里对着她抱怨："最近的菜好像不大合口呢？"她压低了声音说，"孩子正是长身体的时候，我得尽量为孩子搭配一点有营养的东西。"

他的心，在那一刻忽然就变得柔软起来，这个在他眼里好吃懒做的胖女人，原来一直是在关心自己的啊。尽管母亲不在了，但自己不是一样健健康康地活着吗？继母给自己织的毛衣、手套，每天准时准点的早餐晚餐，井然有序的生活本身，就是对每个家庭成员的一种爱护。

她总有看天气预报的习惯，如果预报了哪天有雨，哪怕那个早上是晴朗的，他的书包里也肯定会装着一把雨伞。北方是节气最明显的地方，冬天的大寒和小寒冷得都不一样。那个女人每个冬天都会给他做两条棉裤，一条薄一些，一条厚一些。每天放学，她都会把他鞋子里的鞋垫掏出来扔到炕头上，把他的鞋子拿到炉子边上烘烤；每天早上，帽子、围脖和手套，在她的监督下，没有一次忘记戴的，那些冷冽的天，他从来没有挨过冻。

人生就像滑梯一样，那些快乐的尖叫仿佛还没有完全散去，子轩就从童年滑了下来，并快步走上了另一座滑梯：少年。少年是喜欢看云的，每一片云都那么洁白，每一片云都像极了妈妈的脸。若干年后，他从这座滑梯上滑落下来，尽管有些不情愿，但还是被赶上了青年的滑梯。他的那个冒险的计划一直没有来得及实施。他的生命完好无损，每一次滑落都没有受到一点点伤害，他忽然快乐地想，自己有什么理由不快乐呢？那温柔地呵护着他的继母的手，已牢牢地将他围在温暖的篱笆里，让他安然度过了他的每一天。

他就那样健康地走过来了，他永远用不到那个给自己准备的药箱。因为妈妈一直都没有逝去，只是换了一张面孔而已。

（入选佛山市2010年中考模拟试题）

点石成金:

这篇文章用到了一个“烘云托月”的写作技巧。

烘云托月法，原是国画的一种画法，指用水墨或较淡的色彩，点染轮廓外部，使物象鲜明，集中突出，加强表现效果。后借用于写作之中，指对作品所描写的主要对象不作正面的刻画，而是通过写周围的人物和环境，使其鲜明突出的写作方法。烘云托月手法在写作上也叫衬托。

烘云托月法立足于所描绘的物象与其周围事物的联系，通过对这些事物的点染、描绘来烘托物象，不仅使物象鲜明突出，有层次感，而且可以借“不写之写”创造出一种“韵外之音”，可以激发读者的艺术想象，给人以回味无穷的体会。

烘云托月法与正面衬托法有相通之处，但它不是特征相同或相近事物间的衬托，而是用周围与之有密切联系的事物。这种联系多种多样，故而烘云托月法较正面衬托法灵活得多。运用烘云托月法要注意处理好“云”和“月”的关系。“云”和“月”之间“妙理贯通”，密不可分。其中“月”是主，“云”是次，“烘”是手段，“托”是目的。因此，铺陈写云，须“意在月处”；虽笔笔绘“云”，实为字字画“月”，不能反客为主。同时，为了更准确、传神地画“月”，必须着力于绘“云”，“云”写得愈是美丽，“月”才愈是动人。

夸一个人美——人见人爱，花见花开，车见车爆胎。

很简单的例子，就是烘云托月的手法。看吧，没有正面来写这个人的美貌，却用了不同的衬托。

比如这篇文章，伟大而深沉的母爱，隐藏在小小的药箱里面。童年药箱背后的秘密，让人为之心酸，更为之感动。本文最大的亮点，就是通过子轩的所见所闻所感，侧面烘托出继母对他的伟大而深沉的爱。如文章开头写“他提前给自己做好了准备，给自己预备了一个小药箱”，以便“自己要在流血的时候给自己包扎好”，还有“妈妈走了，他想再没有人来爱他了”等语句，从反面烘托出继母对自己深深的爱；“他的心，在那一刻忽然就变得柔软起来，这个在他眼里好吃懒做的胖女人，原来一直是在关心自己的啊。尽管母亲不在了，但自己不是一样健健康康地活着吗？”通过描写子轩的心理活动，烘托出继母对他的无微不至的照顾和关爱。结尾的“那温柔地呵护着他的继母的手，已牢牢地将他围在温暖的篱笆里，让他安然度过了他的每一天”，同样从侧面烘托出继母的爱以及子轩对继母的感激和热爱。

大家要记住，运用“烘云托月”法，描绘“云”要适度，既不可“过分”，又不可“不及”。过分了，就会云遮月暗；倘不及，就不能为月增辉。只有“云”绘得适度，“月”才会显得动人。为了衬托“月”这一主体，可以从正面烘托，也可以从反面进行渲染。鲁迅写少年闰土的形象就是正面烘托的典范，而“蝉噪林愈静，鸟鸣山更幽”，则属于典型的反面映衬的例子。总之，只要细心揣摩并在练习中注意反思，便可以获得应用的精妙。

第二辑

如果孤独漫上来

我在自己的灵魂里招兵买马。我看到了光。是的，光。

一只蓝色鸽子的忧伤

他被遗弃的时候，大概是4岁的光景。那是个凛冽的冬天，风长了牙齿，要吃人的样子。茂祥老汉是在公园的长椅上捡到的他，当时的他，差一点就要被冻僵了。

茂祥老汉是个孤苦无依的人，靠捡垃圾收破烂维持生计，这凭空多出来的一张嘴，使他本来就难熬的日子雪上加霜。但茂祥老汉并不觉得悲苦，反倒觉得死水般的生活忽然荡起了幸福的涟漪。

那些日子，他每天都哭哭啼啼的，为了哄他高兴，茂祥老汉养了一只鸽子给他玩，这只鸽子成了他的童年里唯一的玩伴。

鸽子是蓝色的，天空和大海的颜色，自由的颜色。他喜欢这只鸽子，鸽子也喜欢他，每天不时地蹲在他的肩头，伏在他耳边“咕咕”地叫着，仿佛两个贴心的人在窃窃私语。

茂祥老汉说，你那么喜欢这只鸽子，那我以后干脆就叫你“蓝鸽”吧。

蓝鸽不爱说话，只有捧着鸽子的时候，才会喃喃地和鸽子说：“小鸽子，你告诉我，妈妈在哪里呢？”茂祥老汉听着心里难过，发誓一定要替他找到他的亲生父母，并把他完好无损地送回去。

茂祥老汉常常把他举过头顶，妄图让他够得着蓝天，抓得住白云。他的手里拿着老人给做的风车，老人迅疾地转着圈，风车在他的头顶呼啦啦地转。那一刻，他觉得自己仿佛长了翅膀。

好心人施舍的一些吃食，老人不舍得吃，都要拿回来给他。看着他狼吞虎咽地吃着，老人就会很欣慰，用手摩挲着他的头，仿佛这就是他的亲骨肉。

平日里茂祥老汉每天晚上喜欢喝一口，也是为了解解乏。但为了蓝鸽，他把这唯一的一点嗜好给戒了。老人用自己辛辛苦苦攒下的钱供他上学，给他买好看的书包，一身很体面的衣服。但所有这一切，都不能掩盖他的忧伤。

日子一天天过去，蓝鸽慢慢地长大，成了一个阳光般的少年。只是，他依旧沉默，他越来越断定，自己是被遗弃的。

几年来，茂祥老汉不停地在报纸上为他登着寻人启事，可是始终没有人来和他相认。

终于有一天，一个穿着很体面的男人敲开了茂祥老汉的门。

“请问，是您在八年前，在人民公园的长椅上捡到了一个孩子吗？”来人很焦急地问，“能不能让我见见他？”

茂祥老汉仔仔细细地打量了一下这个人，感觉他好像是个有文化的人，面相也不那么奸猾，就让蓝鸽出来。

那个男人打量了蓝鸽不足五秒钟，就激动地把他紧紧抱住，“对不起，对不起，爸爸整整把你丢了八年。这八年，让你受了多少罪啊！”

蓝鸽却挣脱出来，他指着衣衫褴褛的茂祥老汉，他说：“你错了，这才是我的爸爸。”

那个男人和茂祥老汉详细说了当初遗弃孩子的原因，他说当时他的老婆和别人私奔跑了，而他又刚刚失业，他动了轻生的念头。可是孩子是无辜的，他不能让孩子跟他一起去天堂。他就把孩子放到公园里，希望能有好心人把他收养。他自杀未遂，被人救下。等他要回去找孩子的时候，孩子已经不见了。

“这些年，我每天都在思念他啊。”一个大男人说到动情处，竟然掉下了眼泪。

茂祥老汉仔细打量着他和蓝鸽，发现他们长得还真像。他断定，这个人就是蓝鸽的亲生父亲。

他让那个男人先回去，他来劝说蓝鸽。

他说，他是你的亲生父亲，他会疼你爱你的，你跟着他回家吧。

不，你才是我的爸爸。蓝鸽很倔强。

这么多年，他找你找得很苦，他也不容易。

可是我走了，你怎么办？

我没事，你没来的时候，我不是也好好的吗？

可是我真的舍不得你啊。

那你就把这只鸽子带走，想我的时候就用它给我捎信来。你不知道，这是个地地道道的信鸽哩！

蓝鸽使劲儿地点点头。

蓝鸽就这样被亲生父亲接走，去了相邻的另一个城市。

那一夜，戒了很多年酒的茂祥老汉重新拿起酒瓶子，一个人喝了满满的一瓶酒，酒后的他咯了很多血。他在屋子里一边哼着蓝鸽经常唱的一首歌儿，一边老泪纵横，不住地用手抹着脸。他想，这孩子，就是他救下的一只鸽子吧，他应该有属于自己的蓝天。这样想的时候，心便释然了。

从此以后，茂祥老汉每天都坐在墙根下，等着那只鸽子，捎来蓝鸽的消息。

一天傍晚，那只熟悉的鸽子果然飞回来了，落在他的肩头。他打开绑在鸽子腿上的纸条，看到了下面的话：

爸爸，在我回来之前，求你一定要坚强地活着！

我之所以选择跟他回家，是因为我要从他那里拿到一笔钱来给你治病。你以为我不知道你的病情，其实我什么都知道，医院给你开的诊断我偷偷地看到了，那上面有我最不愿看到的“癌”字，那一刻，我感觉整个世界都凝固了。我咒骂上帝，他怎么忍心让这么好的人得了绝症。不过请你相信，爸爸，这并不可怕，让我们一起加油打败它吧。还记得我们的约定吗？我说在我考上大学的时候，我要领着你到我的新校园去看看，我要让所有人都知道，我有一个多么伟大的父亲！所以，为了那个约定，求你一定要好好活着，等着我回来。很快！

茂祥老汉的手颤抖着，心却是暖的。他以为把病情隐瞒得天衣无缝，没想到蓝鸽什么都知道。

茂祥老汉终没能等到蓝鸽回来，在一个阳光灿烂的早晨，他微笑着离开了人世。死的时候，他望着蓝天，那里有鸽子飞翔过的痕迹。

茂祥老汉下葬的那天，人们发现，一只鸽子飞到他的坟头上，久久不愿离开。

那只鸽子是蓝色的，天空和大海的颜色，自由的颜色。

让每一粒米都回家

前几日，母亲来我家小住。女儿向垃圾桶里扔了一小块儿馒头，被她捡了出来，并把孩子训得哇哇直哭。妻子很不高兴，背地里和我说：“至于吗，不就是一块儿馒头吗？”我说是的，母亲把粮食看得比什么都重要，因为母亲经历的挨饿的时光刻骨铭心。

母亲不止一次地说，她嫁给了一只碗。

那是在挨饿的岁月，因为父亲接济了母亲家里一碗米，母亲对父亲产生了好感，最后两个人成了夫妻。这只碗是父母的媒人，被母亲一直珍藏着，直到出嫁，也一直带着。

父亲感激那只碗，母亲也感激那只碗。那只大碗，被两个人小心翼翼地供着，闪着心满意足的光泽。

可结了婚之后，母亲仍旧是吃不饱的。因为日子实在太穷了，即便每天精打细算，也填不满一张张饥饿的嘴巴。

苦日子是一匹病马，驮不动快乐的梦想，甚至，炊烟它都驮不动，你看，炊烟懒懒的，直不起腰来，大概是锅里没有多少米，炊烟都茁壮不起来，好像被苦日子抽去了精髓一般。

空空的米缸，一家老小的胃，常常被母亲刮得生疼。

常常是，我们吃饱，母亲把锅里所剩无几的米粒用铲子铲起，像铲起几粒雪花，然后加一瓢水，再加一把火，熬成稀汤的米粥，为数不多的米粒漂浮在碗里，装点着门面，那是母亲的饭。

一直到今天，母亲的“抠门”都是远近闻名的，剩饭剩菜从来都不舍得扔掉，甚至孩子们掉了一粒饭粒到桌子上，都会遭到她的一顿训斥。母亲实在是穷怕了，所以才这么珍惜每一粒米。

秋收的时候，母亲跟在收割机的后面，仔细捡拾着遗落掉的稻穗。对于母亲的这种行为，我们甚为不解，那么多的粮食，用机器来收割，难免会遗落一些的。与其在自己的地里费劲巴拉地捡拾那几株遗落的稻穗，不如去别人家的地里替人割稻子，割一天的稻子挣的钱够她捡多少天稻穗啊。

我们都嫌母亲不会算账。

可是母亲说：“这是我自己种出来的粮食，我只是尽量让每一粒米都回家。就像我自己的孩子，你让他们流浪在外，心里总是不得劲儿呢！”

那日的夕阳里，我看到母亲佝偻着身子，一根一根地捡拾着稻穗，蓦然间感到，众多的粮食中，母亲是最饱满的那粒米。

农民诗人张凡修写过一首诗《母亲的胃》，读来甚是感人：

后半生。母亲的胃一直空着
一九六一年，母亲吃得太饱
那年的母亲给公社大食堂推磨
囫囵下许多生粮
不嚼。只暂时存在胃里

回家后用筷子捅进喉咙

一口，一口，再吐出来

未消化的粮食喂饱了奶奶，爷爷

也喂饱了爸爸和我

……熬过三年。后来习惯成自然

只要看一眼装过米饭的空碗

她就会将吃进去的东西吐出来

前年，母亲离我而去

没带走一粒粮食

多么伟大的母亲啊，她用她的胃“假公济私”，她用她的胃，储藏了亲人们一生的粮食。而她的孩子们，不仅吸吮她的乳汁，还掏空了她的胃。

如今，母亲变得越来越小，生活的大海碗啊，可以整个地把母亲扣住。

我们过着丰润的日子，那是母亲用一双粗糙的手替我们打磨出来的。

我们丰盈着，而母亲却日益消瘦下去。持续的消瘦，让我担心有一天，她会变成我稿纸上的一滴墨汁。此刻，在火炉边为母亲熬药的我，唯有双手合十，微闭双眼，虔诚地祈祷。我希望我的祈祷，可以打开耶和华的门，让旧日的木柴发出光来，感动那些最苦的草药，照亮母亲灰黄的脸庞和尽量多的剩余时光。

（入选2014年重庆中考模拟试题）

和草木谈心

从一棵草开始。从一棵草的摇动开始。目测它有几寸的腰身，如同目测心仪的女子，什么尺寸的旗袍才最合身。从一棵草的摇动，去捕捉风，这疯跑了一夜的家伙，此刻，正躺在草丛里，拥着蚂蚱、草蛉和金龟子，无忧无虑地酣眠。

不知名的小野花们，蹑手蹑脚地开着，让匍匐已久的一方山水，站了起来。草儿们欢欣鼓舞，不在意人类的赞美或者鄙夷，长一寸是一寸。

草木会自己梳头，也会拥抱着自己舞蹈，草木自有草木的风骨，无须人类去自作多情地照顾。你看天上，五级风正在搬运一片白云；你看风里，礼貌的小草不停地点头致意；你看花间，蜜蜂们拥挤着，吸吮生活的蜜。

诗人们也拥挤着，赞美生活。同时发出他们的疑问：你只看到了叶子的绿和黄，你看到叶子的慵懒了吗？你只看到了月亮的圆和缺，你看到月亮的寂冷了吗？

掉落在地上的那枚松针，那么细小，谁也不会相信，它正在撬动森林。庞大或细小的寂静草木，始自深情的根植，兴于兢兢的生息，恪守着内心的丰盈。

冯唐说，没有花草，我靠什么形容她啊。看吧，草木还可以辅助人们去恋爱。

桃树没有因灿烂的花朵坠落而悲痛欲绝，它在等待叶子再一次莅临枝头，它知道自己生命长久的岁月里，是平常的绿色和饱满的果实，而非粉红色的一时惊艳。

这一切都告诉我，如果没有草木，江山成何体统？

朱光潜在《厚积落叶听雨声》中说，人的最聪明的办法是与自然合拍，如草木在风和日丽中开着花叶，在严霜中枯谢，如行云流水自在运行无碍，如鱼“相与忘于江湖”。

与自然合拍，甚好。人间草木都是我的亲人。

一只蝴蝶，和一朵花，相互凝视，就如同美人，在照着镜子。我想，一个人凝视深渊太久，也将濒近深渊；凝视一朵花，久了，就会变成一只蝴蝶。

高的树和低的树有什么区别？高的草和矮的草有什么分别？都是一样在接受风的抚摸或者鞭打。自然万物，不分高低，从无高贵与卑微之分。这就是我们需要向草木学习的地方。

所以，我们需要去花草中坐下来，和草木谈谈心。与山水交友不累，和草木谈心最真。和草木谈心，才能忘了尘世的烦忧。炫富者，为富不仁者，都是令你血脉偾张厌恶的对象。很多人都讨厌成功者，但往往讨厌的不是成功本身，而是某些人成功之后那副盛气凌人的嘴脸，尤其是，他们利用成功之后获得的金钱、权力、名声等，去欺压和凌辱别人。当然，也有一种烦扰来源于你自身的劣根性，你的朋友失恋又失业，你感觉很糟；你的朋友升职又加薪，你觉得更糟。

秋后的沉寂，更有哲学的况味。这时去看满山的枯木和荒草，比那些争艳的花朵更有趣。草木老去，只是一瞬间。草木返老还童，也是刹那。

非常佩服约翰·缪尔，觉得他是真正的自然之子。一次，他和爱默生骑马穿越森林，不断让爱默生留意兰伯氏松，指出这些树像国王和牧师一样尊贵，它们是所有森林中最雄辩最不容置疑的布道者，在它们四周围满的密密层层的祈祷者中它们伸出年龄有一个世纪的臂膀，进行着祷告。只可惜爱默生由于身体欠佳，意兴阑珊。在一座高山上，约翰·缪尔与满天繁星共度一夜，黎明时带着清新的心境走下山去。他说，将来，无论你的命运如何，无论你遇到什么，你将永远记住这美好、自然的景象，当你回忆起你在这片古老而又神奇的大地上所做的游历时，你的心中永远都会充满喜悦。

人需要向草木学习的地方还有，它们只要遇到阳光和雨露，总是一点也不浪费，把每一寸阳光和每一滴雨露都用到极致，以完成这难得的存在。

所以，大自然才是最伟大的艺术家，人间的一切，均是它的杰作。天阔，水蓝，一行白鹭，风吹草动，万物如此般配，比例协调，画家和诗人，再伟大的杰作，都不过是在照搬而已。

既然如此，就坐下来，静静地看这伟大的艺术家是如何创作的，看它挥洒阳光和雨露，握着万千草木，一挥而就。坐下来和草木谈心，你会发现，身体里仿佛也生着草木，也在随着季节繁茂或者凋枯。我也愿意像约翰·缪尔那样，做一个心中有草木的人，让耳边时刻回荡着布谷鸟的欢叫……可是此刻，我却更为关心，到底什么样的风，可以把脏乱的人间再一次吹蓝？

如果孤独漫上来

我还是爬不到岸上来。无论我怎样挣扎，怎样歇斯底里，都抓不到岸边的哪怕一棵草。

你若病了，世间的一切就都病了。你看哪里，都是灰暗的。人在用生命喂养时间，我们的血肉，就这样被一点一点扔进岁月的托盘，时间之犬却毫不留情地叼走它们。

孤独将我置于火山口的边沿。月光遥远，湖泊冷寂。

那是一座小型别墅。要穿过很大一片树林后才可以到达。

门上的把手被阳光照着，很暖。屋子里的明媚，如满血的管弦乐队。每一束光线，都可以弹出好听的曲子。虽然很久没人住过了，但并不妨碍阳光的涌入。站在好多面镜子前，你发现每一个你都可以如此斑斓。透过很大的一扇窗子，就能看见大海。

有一点点潮湿的味道，但并不令人反感，有阳光的普照，没几天这点儿潮气就会被蒸发掉。没有家具，没有照片，屋子里一片空阔。这反而是我喜欢的，这可以让自己开始一段崭新的人生，而不是从上一段别人的人生里复制过来，我要的就是这一点。

从别人的人生里撕扯下一块碎布，是补不牢自己那个过于空阔的伤洞的。我要斩断与过去的一切纠缠。

我已经能够很清晰地感受到自己老了。从某种意义上来说，变老也是好事：我终于能够和父亲——这个给了我生命的人，分享我真正的童年。那其中没有太多自以为是的成年人想象出的单纯快乐，而我在时光的缝隙中无意瞥见的虚伪、势利甚至严苛，都蕴含在曾经不可言说的五味杂陈之中，可以向他倾诉。

法国画家奥古斯特·雷诺阿生命的最后十五年中，一直忍受病痛的折磨，手经常扭曲抽筋。但他一直选择描画熟悉的快乐事物，所以他作品中没有一丝痛苦的痕迹，总是肯定着生活的美。

朋友忍不住问："为什么你这么痛苦，还要坚持每天画下去？"

雷诺阿说："痛苦会过去，但是美丽永存。"

看清世间磨难，却依旧热爱它。这样的心，终将得到命运的浸润。

一个人，或许只有遇见过太多牛鬼蛇神，才会成就一脸不愠不火不急不缓的佛相吧。

《我爱这哭不出来的浪漫》，这是一本书的名字，我不知道这是谁的书，但我爱上了这本书的名字。哭不出来的浪漫，是一种怎样揪心的唯美！

殷勤的手帕等待着你的眼泪，你的眼泪却迟迟不肯落下，你退回到一个人的城堡，那里月光安然，那里湖泊无恙。

尼采在《最孤寂者》中说："你为什么不安息呢，阴郁的心啊，是什么刺激使你不顾双脚流血地奔跑呢？你盼望着什么呢？"

曾经努力想去看清一些事，现在却开始放弃去看清一些事，怕自己抵达的彼岸，有太多的陌生，那种由熟悉转化而来的陌生，才是最冷的陌生。

你凝视镜子中的自己，你认出你自己了吗？世界让我遍体鳞伤，但那些伤口却纷纷开出花，纷纷长出翅膀。

经过了几十个新年，终于变成一个旁观者，任烟花绚烂，歌舞乱眼。

人生落实到最普通最平凡的时刻，就是现在。

人们说，现在的你已经像渐被秋色渲染的树叶，而我怎么就无知无觉？不是对于机体的衰老，而是对于曾经令自己惴惴不安的提醒——这就是不断自己制造障碍或遭遇挫折的好处吧？认识到生命本质力量的有限，从而放下那些对奇迹的过度爱慕。

从现在开始，每一步，都开始走得真实，像一朵花不再为蝴蝶的赞美去开放，但它开放；不为秋天的一滴眼泪而凋零，但它凋零。这就是此刻的我。

我在自己的灵魂里招兵买马。我看到了光。是的，光。

把光放进黑暗里，那才是真正的光。你或许看不见它，但它在那里，时刻等待着穿透那紧抱一团的黑。

就像命运，再也阻挡不了我内心的火焰升腾。

我也不再惧怕孤独，甚至深深地爱上它。

如果孤独漫上来，那么，我就用更庞大的孤独把它压下去。

什么时候喊疼

1939年，年届五旬的阿赫玛托娃因为患有严重的骨膜炎住院治疗。在与朋友闲聊时，她轻描淡写地谈起刚刚结束的手术，“大夫为我的忍耐力感到惊讶。我该在什么时候喊疼呢？术前不觉得疼；做手术时因钳子搁在嘴巴里喊不出声，术后——不值得喊。”

阿赫玛托娃是一个高度隐忍的女人，命运将她击得千疮百孔，可是她依然对生命高唱赞歌。她从不轻易喊疼，这反而更让人心疼。这件事验证了阿赫玛托娃的坚强以及无比卓越的抗击打能力，但并不证明她不会释放痛苦。她是智慧的，她不能让疼痛这根刺长在心里，迟早要拔出来，不然会化脓。于是，她找到了一个出口，那就是诗歌。她把她的疼痛，揉搓、捣碎，悉数放到诗行里，于是，“俄罗斯诗歌的月亮”，光芒万丈。

刘震云的小说《一句顶一万句》里，灯盏死了之后，老汪的那些举动令我动容。灯盏死时老汪没有伤心，甚至还说，“家里数她淘，烦死了，死了正好。”可是一个月后，当他看到灯盏吃剩下的一块月饼上还有着灯盏的牙印，悲痛便不可抑制了，心像刀剜一样疼。来到淹死灯盏的大水缸前，突然大放悲声。一哭起来没收住，整整哭了三个时辰。

有些苦痛，就像那月饼上的牙印，让人一下子找到“发泄口”，泄掉了内心奔涌而至的悲伤的洪水。

女儿每天都会把芭比的脑袋和胳膊卸下来，然后自己重新再装上去，再配以崭新的衣服。她乐此不疲，我猛然觉得，自己又何尝不是命运的芭比，一次次被它肢解得七零八落，然后又一次次地慢慢组装、愈合。疼痛，是这其中不可或缺的黏合剂。

清晨，看见一个人从下水道爬上来，另一个人从32楼走下来，他们正好相遇，一个说，下水道堵了；一个说，楼顶有人要自杀。

下水道隔三岔五就堵一次，疏通的人勾出了很多头发丝，烂菜根，还能顺着水管，隐约听到不断地争吵、怨怼。这一地鸡毛，把生活的管道堵得满满。

许久没有好消息了，这日子，就灰暗下来。房檐下滴雨，门后长青苔。工资原地踏步，检查身体，三高变四高，状态差，没灵感，写点东西形同便秘……

江一苇说，一个卑贱的人，因为懂得顺从，而得以苟活，得以穿过人世间，最窄的裂缝。人生也需要必要的顺从。所以，不妨很大声地喊一声疼，把生活里所有堵的地方，都疏通一下。

打针叫人害怕的永远是擦拭酒精的那几秒钟，等你疼了想喊的时候，针已经打完了。这就是生活，就算喊疼，也要讲究个技术含量，要瞅准时机的。

罗曼·罗兰说，真正的英雄，是认清了生活的真相，还仍然热爱它。在我看来，生活的真相就是，苦乐纠缠，不死不休。我们的身体上，每一寸都刻着被时光钟爱的甜蜜与悲怆。我们需要歌唱，也可以随时喊疼。

疼痛是命运送给中年人的礼物。不信你试一下，假装这是个不眠之夜，假装有人一边数羊，一边念叨你的名字；假装流星坠落，砸中你的愿望；假装这天地，开了一扇门，允许你的怨恨跑出去；假装大雪封门，你不用上班，安心在屋子里写信，人过中年，收信人只有一个——岁月；假装朋友们没有离散，假装那壶酒还没有喝光，假装酒精膏还没有燃尽，砂锅还冒着热气，杯盘狼藉，没有拾掇，可是莫名地，总是觉得那个时候更干净，也更充满生气……

你在这么多的“假装”后面，有没有喊疼？如果有，告诉我，我陪你一起泪流满面。

莫斯科不相信眼泪，相信玫瑰

1998年，我正在俄罗斯留学。那一年的情人节，莫斯科很冷，气温达到了零下三十八摄氏度，而且天空飘满了雪。尽管如此，兜售玫瑰的小贩们依然不停地穿行于大街小巷，让这爱情的信物无止无息地燃烧，温暖着那些置身爱情中的人们。

我是个例外。那些玫瑰只会让我更加寒冷，因为我被失恋的旋风刮到了爱情的边缘。我开始怀疑，这漫天飞舞的誓言的雪里到底掺杂着多少谎言的碎屑?

我从伤心的咖啡馆里走出来，我刚刚在那里跟叶分手。多么讽刺，这分明应该是一个让情人们牵手的节日，而我却选择分道扬镳。我头也不回地走掉，我知道一切都结束了，就像身后的脚印，我走过，然后被厚厚的雪覆盖住，我忘记。

我漫无目的地走着，穿行在玫瑰和谎言的潮水中，无法靠岸。

“买束花吧，先生。”

一个穿得很单薄的老妇人用干瘪的手轻轻拽了拽我的衣角。

“多少钱一束？”我随口问了一句。

“您看着给吧，感情是没法标价的不是吗？”

我微微一怔，没想到她会说出这样一句让人寻思的话来。我抬头看了看她，冷风将她的脸冻成了酱肉般的颜色，却没有阻止她对我微笑。

她的小摊上摆满了红红的玫瑰，可是生意并不好。

我随手拣了枝玫瑰，想到自己失败的爱情，便往她那个装钱的纸箱里扔了1戈比。“我的感情就值这些钱。”我耸耸肩，无赖似地说。

那个数目相当于施舍一个乞丐。

我把花拿在手里，无人可送。我感觉到玫瑰异常刺眼，似乎在用它的高贵嘲弄我，我将它奋力地向空中抛去，红色的花瓣随着雪花一起飘落在街上。

这时那个卖花的老妇人从后面追上我，我想大概是我的举动侮辱了她。“我可是在每一片花瓣上都许下了祝愿的，”她埋怨道，“你不该这样糟蹋鲜花。”

“可是，”我嗫嚅着，“再没有人要我的玫瑰花了。”我向她诉说了刚刚失败的爱情。

“去把那个惹你伤心的姑娘带来，我给你们讲个故事听。”她略带些命令的口吻说。

我有些犹豫，但还是拨响了叶的电话。叶披着雪来了。

“孩子们，”老妇人说，“这是我们这里家喻户晓的故事，可你们中国人未必听过。不嫌烦的话，我就给你们讲讲。”我和叶不约而同地点了头。

“卫国战争的时候，”她讲道，“我们这里曾经是战场。有一对刚结婚不久的青年男女，被迫要分离了，男的要去保卫祖国，临走前，他对她说，你就在这座房子里等我，我一定会回来。

“战斗进行得很激烈，也很残酷。一年后，他们的家乡也成了前线，按照上级的指示，当地群众必须全部撤离，但她没走，她记着他们的约定，她要守在这座房子里，她要等他回来。

“她成了前线的一名护士，而这座房子就成了战地医院，她和战地上的医护人员一起冒着枪林弹雨，把受伤的战士一个一个地抬走，把死去的战士一个一个地埋掉。

“战争结束了，英勇的苏联人民取得了最后的胜利，但损失是惨重的，全国都沉浸在哀悼亲人的悲痛里。她守在那座房子里，一年，两年，三年，她始终怀揣着那个希望，她说他一定会回来，她在房子里种下很多玫瑰花，她把那座房子装扮得像天堂，她等着他回来，从一个少女一直等到一个老太婆……”

“最后她等到了吗？”我和叶同时问道。

“没有，可是那个希望就像是一盏灯，坚强地亮着，照耀着她的每一个夜晚。”老妇人接着说，“这个摊子上的玫瑰花就是从那里摘来的，每一片花瓣上都有祝愿的。我真不明白你们这些年轻人，这感情怎么说扔就给扔了呢？就像你刚刚扔掉的玫瑰花，看着让人心疼……”

我和叶都低下了头，我们彼此看到了对方微红的脸，两双手又叠到了一起。

我的脸忽然发起烧来，我为自己用1戈比买她的玫瑰花又随手扔掉而局促不安了，我感到自己像个急切地想飞起来的黑色的灰烬，到处是明晃晃的雪，到处是纯净的世界，只有我，这黑色的极不协调的灰烬，我想飞起来，可是没有风，我逃不掉。

我想到一个弥补过失的办法，我对叶说：“我们来帮她卖花吧。”

我们找到一块木板，在上面写下很诗意的一句话：莫斯科不相信眼泪，但相信玫瑰。

善良的人们纷纷前来，买走了一束束玫瑰。

天色渐暗的时候，我们的小摊上就只剩下两束玫瑰在燃烧了。

“这是天意，孩子们，”老妇人说，“你们看这最后的两束玫瑰，这是你们的，你们应该始终在一起，不是吗？”

我和叶捧起了那两束火焰，我们相互凝视的目光融化了很多雪花。我们从爱情的背面一步步地走回来，渐渐走到阳光明媚的早晨，渐渐走到布满草莓的春天。

老妇人把我们领进了一个天堂般美丽的房子，偌大的房子里到处都摆满了盛开着鲜花的花盆。

“难道那故事里的主人公就是您？”我和叶像发现了神话一般问道。

“不，她早已去世了。我已经是第十二个住进这房子的人了。她在临终时说过，不论谁住进这房子，都请替她履行等待的义务，别让那些玫瑰们枯萎。”

老妇人接着说：“每年的情人节，我都会拿一些玫瑰花去卖，我想攒些钱把房子好好修葺一下，我待不了太久，我能做的只有这些了。”

我和叶几乎同时想到了要住进这房子中来，这里生长着永不泯灭的生生不息的爱。它让我们一颗颗冰冷的心慢慢解冻，让所有的明天都温暖如春，在它的火焰里，我相信自己最终也会挺立成一株顽强的玫瑰，用誓言去击败谎言，用真爱去唤回真爱。

无法邮寄的春天

我刻意经过那个邮局门前，只为了看一眼那个奄奄一息的老人。听人说，他的脚腐烂了，连骨头都露在外面。我没敢走近跟前，只是远远地望着，我怕那些脏物会将我的慈悲赶跑，连同我的怜悯，一道落荒而逃。

他在那里一动不动，盖着一件破衣裳，如同死去一般。

那里有两个绿色的邮筒，被雕刻成天使的模样，装了翅膀，仿佛随时可以离地高飞。一封封信安静地躺在里面，如同躺着很多颗心：少年相思的心，少女怀春的心，慈母念儿的心，游子思乡的心……天使会带着这些心飞到它们想去的地方，不管春夏秋冬。

过了很久，我听到一声轻微的咳嗽，是他发出的。仿佛死亡的门偷偷留下的一个缝隙，让这属于生命的咳嗽声响亮起来。那个早晨的阳光灿烂无比，暖暖地照着他，似乎令他感到了生命中尚存的一缕温柔。他微微欠起身子，竟然望着太阳咧开嘴笑了。纷纷扰扰的行人在他身边不停地穿梭行走，一些人停留驻足，摇摇头，甩下一声叹息又匆匆走掉，转过头去，阳光依旧荡漾在脸上。

后来就下雨了，莫名其妙的雨来得迅疾而猛烈。老人把身子缩成了一个句号。一对情侣在不远处欢呼着，按他们的逻辑，这场雨是有来头的，因为那女人对男人说，爱我，拿什么证明？除非你能让这大晴的天立刻下雨。果真，雨下起来了，稀里哗啦地，没有任何征兆地倾泻下来。

我看到对面最高的楼层上，那个男人正举着水管向下面洒水，对爱情进行人工降雨。女人欢欣雀跃，为男人故意制造的浪漫感动得一塌糊涂。

老人头上的雨，像发了狂的洪水，冲垮他心中最后一个堤坝。

浑身湿透的老人不停地打着冷战，好在阳光是慷慨的，一寸一寸暖着他的身子。

令人感到不解地是，这样一个已完全丧失行走能力的老人，却在身边整整齐齐地放着一捆行李，而且是极其干净的。他无法行走，只有靠路人的施舍来延续自己的生命，死神像风一样随时都可以将这根老迈的蜡烛掐灭。夜深的时候，凉意像歹徒的刀一样贴紧肌肤的时候，他却依然舍不得铺开那套干净的行李，用它御寒。

我想，一定有一个绿色的希望在老人的心里生长着。或许他依然梦想着奇迹的发生，希望有一天自己能站起来，用这崭新的行囊给自己暖一个小小的窝吧。

我揣着怜悯，站在离他5米远的地方，感受着一个气若游丝的生命。

阳光依然灿烂，一个孩子试图将一封信投进邮筒，可是他太小了，使劲踮着脚也无法将信投进去。老人用手撑着地，艰难地挪到孩子跟前，用尽全身的力气托举起那个幼小的身躯，一封信就这样生出了翅膀，一颗心就这样开出了苞蕾。

“爷爷，你怎么不能站起来啊？”

“爷爷生病了，没力气了。”

“那我扶着你。”

“瞧你这小不点，还没我蹲着高呢，怎么扶我啊？”

孩子和老人都笑了。那绿色的天使邮筒，在阳光下又像是一棵郁郁葱葱的植物。在这个万物生长的季节，很多人忽略了一样弥足珍贵的东西——爱。

邮筒之所以是绿色的，就是因为它会给人带来希望。它挺立在那里，帮人传递着亲情友情和爱情，而那个无法行走的老人，他的春天，却永远无法通过邮筒传递出去。

我来是为了什么呢？我开始扪心自问，难道仅仅想对他说上几句安慰的话吗？我怎么没有想到，给他满身满心的怜悯，不如给他一支廉价的消炎药更有效呢。

他的春天，无法邮寄，而我的忧伤，又何尝不是！

我的记忆中始终收藏着这难忘的一幕，他用两只手支撑着向前移动。那两只手，是两支发育不全的树枝，吐不出新芽。他在离春天很近的地方，一步之遥，但就是无法到达。

每当我想起这个不放弃希望的老人，都会引来一阵疼痛。那来自灵魂深处的忏悔，就像我的风湿病，常常在雨天让我周身上下都渗出冷冷的汗水。

人，不小心就成了碎片

大概是朋友的死让这个下午风雪交加的吧。屋子被怀念和悲伤这两袭窗帘沉沉遮住。一个人的名字就这样在记忆的白纸上被黑色的绳索牢牢拴住，拴在一个黑暗的框子里。

朋友死于车祸，据说死时的惨状让人不忍目睹。

望着窗外纷飞的雪花，我知道我的记忆里又多了几片忧郁的碎屑。那些碎屑一直在我的眼前飞着，渐渐飞出窗子，和雪花一起飘舞。

朋友的母亲走进来，怀里抱着刚满周岁的小孙女。

老人为我倒水，不小心杯子掉到了地上。

“人和这杯子一样，不小心就成了碎片。”我说。

“可是活着的人还要好好活着。”老人用慈爱的眼神爱抚着怀里的孩子，喃喃低语。

窗外的雪花无休无止地飘着。我翻开朋友的诗集，看到了一首诗：

爱人离去时遗弃的车票

被撕碎的结婚照片

半块镜子，三滴眼泪

我把所有疼痛的碎片都装进抽屉

我的抽屉就是一部完整的童话

小小的女儿

你什么时候读懂

就什么时候长大……

我看不下去，我的眼睛被泪水遮住。

其实每个人的生命中都有这样那样的一些碎片，或者晶莹，如夜空的星斑斓闪烁；或者如角落中的网，粘挂着一些不忍回眸的经历；或者璀璨，如断断续续的琴声，如无法接连的诗句……

不知为什么，忽然想到了“黛玉葬花”，想到了“破镜重圆”，想到了川端康成“临终的眼”，想到了叶赛宁的眼泪，想到了黄永玉的一本书，想到了一句话：“生活，就是不断地把打碎的碎片重新组合起来。”

朋友悄然无息地走了，但我记住了老人的喃喃低语。是啊，活着的人还要好好活着，还要怀念。想想一个人一生中的一天是多么简单，从打开窗帘那一刻起，就开始去组合各种各样的碎片，例如摔落到地上的惊叫的瓷器，例如纷飞在风中的无依的花瓣，例如被车轮碾碎的花骸，例如被谎言撕裂的情感。

朋友用一生收集了无数碎片，组合成最美的诗篇。我也会积攒无数碎片，去汇成一条路，笔直地通向我的明天。

朋友走了，留下更多的困苦给他幼小的女儿和年迈的母亲。望着老人佝偻的脊背，一种无法言喻的酸楚扎着我的心。

“把孩子交给我吧，我会让她幸福的。”看看花朵般的孩子在奶奶怀里睡着了，我对老人说。

“不用了，谢谢你。昨天我已经联系好了，准备带几个小孩子，明天家长们就把他们送过来，我和孩子的生活还不成问题。唉，挺挺吧，总会好的，我就不信这苦水能淹我一辈子。”

听老人说，她正在自学初中课本，她说如果供不起孩子读书，就由她来教。“无论如何，我要让孩子得到幸福。”老人信心十足地说。

我震颤了，为这个刚强的老人。

“我来做孩子一生的老师。”走出屋子，我用全部生命应下了这个沉沉的诺言。

点石成金：

朋友出车祸离开“我们”的时候，“我们”去了他的家，看到他的母亲，不知道该怎样安慰。巨大的悲痛弥散在屋子里，让人不堪重负。这个时候，看到朋友生前的一些遗物，脑海中一下子闪耀出“碎片”这个词语。生命中有太多这样哀伤的碎片，但我们不能因为这些碎片，就不去生活了。生活总还是要继续的，“挺挺吧，总会好的，我就不信这苦水能淹我一辈子。”朋友的母亲当时的这一句话语虽然很轻，却让“我们”的灵魂震颤不已，那是对悲苦命运最有力的挑战。

一篇文章就这样产生了，其实这是个很普通的司空见惯的故事，但因为我们找到了它的“点”——碎片，从而让文章有了一种连贯的和精彩的呈递，进而达到一种升华。

一个素材里，可以剖析出亮点来，那么这个素材就可以写。何谓亮点？亮点就是吸引人的地方，比如可以是充满哲思的一个道理，可以是一个催人泪下的故事等。只有找到了这个点，我们才有了展开全文的意义，如果这个点找不到，那么这篇文章即便写出来，也是庸常之文，让人没有看下去的欲望。

所以，学生们在写作文的时候，一定要注意找好文章的“点”，只有找到了这个“点”，才能使你的文章生色生香。

漏水的月亮

“俄罗斯诗歌的月亮”阿赫玛托娃有一次与外交官伯林聊天聊到半夜，饿了。阿赫玛托娃家里只有一点煮的土豆，于是，在炉边，阿赫玛托娃和伯林，还有她的儿子，三个人一起把盘子里的那点土豆快乐地分着吃光了。

俄国人耐曼在《阿赫玛托娃记事》一书中记录了他与阿赫玛托娃第一次相遇的情形：阿赫玛托娃要招待耐曼，端来的盘子上只有削得不齐，已有些干巴的孤零零的一根煮过的胡萝卜。

这些点点滴滴的记忆碎片记录了阿赫玛托娃一生受过的苦，而这仅仅是她千疮百孔的生命里漏出的点点滴滴的水。

阿赫玛托娃，这位1912年便以诗集《黄昏》一跃登上俄罗斯文坛的抒情诗人，被她的同胞誉为“二十世纪的萨福”。在俄罗斯文化和精神遭受劫难的同时，她本人也经受了几乎难以想象的磨难：1921年，她的第一任丈夫、杰出诗人古米廖夫遭枪决；大清洗的1935年，她的儿子与当时的丈夫、小说家普宁同一天被捕，儿子曾经被判死刑，后改为流放。除了家破人亡，志同道合的诗人朋友们在周围相继消失，也给阿赫玛托娃的心灵带来无限创痛，其中包括她始终对其满怀感情的诗人曼杰斯塔姆，阿赫玛托娃曾眼睁睁地看着他被抓走，1938年这位公认的诗歌天才死于远东集中营之间的辗转途中。但是，悲痛并没有能够压垮这位女诗人的坚强意志，对于命运她始终采取一种高高在上的、略带嘲讽的态度。伯林这样描述他第一眼见到的阿赫玛托娃："有着阔大的尊严，从容不迫的气度，高贵的思想，庄严的举止和含着巨大悲哀的眼神。"伯林禁不住弯腰行了一个礼，因为他感觉只有这样才符合她"悲剧女王"的身份。

苦难是一条毒蛇，在她的生命中如影随形。她刚开始写诗的时候，遇到的不是鼓励，而是反对。她父亲是一位海军军官，似乎预见到了女儿作为诗人的坎坷命运，因此坚决不准女儿写诗，她只得以曾祖母的姓作为笔名发表诗作，她的少女时代几无欢乐可言。父母因感情不和长期分居，两个妹妹先后死于肺病，自己也曾两度感染上肺病，从而痛感人生的无常和孤独。

她憧憬和追求真正的爱情，渴望有个男子以深挚的爱拂去她心头的孤寂、惆怅和忧郁，然而造化弄人，她不是受到欺骗就是被外力夺走她的所爱。

她受尽了爱情的践踏，她的遭际像苦艾一般。1946年，她遭到日丹诺夫的严厉批判，他辱骂她为"混合着淫秽和祷告的荡妇和尼姑"，将她革出苏联作协，迫使她的声音沉寂了将近十年。

她的一生颠沛流离，仅免于死。她背负着沉重的十字架写诗，她一直在逆流中挣扎，用诗篇向人们诉说她心底的哀怨。

这是被整整一个世纪的风暴折磨着的女人，那些苦难的风暴，诞生了这个比瀑布、银河更灿烂的生命。

阿赫玛托娃，一颗颠沛流离的灵魂，她生活的每一天，生存的每一个角落都承受着苦难，但她没有因为生活的悲苦而萎靡不振，每天照样去看日出，看一个新鲜而伟大的生命的分娩。她劝慰自己，每天的太阳都是新的，会告诉她新的消息。可是太阳就像是被她的敌人施了魔法一样，每一天告诉她的，都是不停地诅咒，不停地打击。

她是一位歌者，却被堵住了喉咙；她是一位舞者，却被捆缚了双脚；她是一位天使，却被剪断了翅膀……

她注定了是一枚月亮，躲在生命的暗处，写她的诗，盛开她灵魂里的歌。一行一行地铺展她永不衰败的少女情怀，和永不凋残的对爱情的憧憬，她用她的诗句梳理自己的羽毛，安抚灵魂，她把那些苦难磨砺成珍珠，串成了项链。

古希腊一位诗人说：我身上有无数个裂缝，到处在漏水。此时此刻，我只能想到这一句话，我想也只有这一句话能恰如其分地形容她，一个月亮，一个时刻在漏水的月亮。

俄罗斯诗歌的月亮，无上的光辉掩盖不住她内心的伤痛。

马儿尥蹶子，就给它一片草原

在第三中学，有一个“撒旦”，那就是教导主任。他的严厉是出了名的，所以学生们背地里都这么叫他。他不苟言笑，成天紧绷着脸，学生们都怕他。“纪律面前，人人平等”是他的信条，不管谁犯了纪律，都会在他那里受到惩罚。他惩罚学生的方式五花八门，要么罚站，顶着一本书站在操场正中间；要么罚跑步，背着四五个沉甸甸的大书包；要么用教鞭打手心儿，再纤细的小手都能给你打胖了……

令人不解的是，这么严厉的教导主任，却令学校的风纪每况愈下。

就像暴君的统治下必有揭竿而起的义士一样，总有那么几个顽劣的喜欢叛逆的小子，不但不怕他，还喜欢和他唱对台戏，“与撒旦斗，其乐无穷”是他们挂在嘴边的口头禅。

背地里嚼着口香糖，叼着小烟卷，一副吊儿郎当的样子，这就是这个校园里的一小帮“古惑仔”。他们常常在一起交流“斗撒旦”的心得，这个说：“那天我就当着他的面来了句国骂，真过瘾，我看他当时脸都青了，可是又不能发作，他也不能捡骂啊。”

那个人说：“那天我在他后背上贴了一首打油诗，全校的人都笑岔气了。他还查不出来谁贴的，因为我不是手写的，是打印出来的。”

这帮坏小子，处心积虑地上演着一个个恶作剧，搅得学校鸡犬不宁，教导主任想尽了各种办法，都无济于事，只好把这些事都反映给了校长，希望校长可以找个理由将他们开除掉。

“那是几个害群之马，不能因为他们影响了整个学校。”主任说。

校长并没有点头默许，也没有摇头反对。

“再给他们一次机会吧，害群之马谈不上，充其量是淘气的小马驹，免不了要撒欢儿尥蹶子的。”

校长的作风和教导主任完全两样。在校长看来，主任严厉得有些病态，而在主任看来，校长宽厚得有些不着边际。主任常常说校长这样是在宠溺学生，对学生的成长是不利的，而校长也常常批评教导主任的做法极端，不科学。两个人总会因为学生的事情争执不休。

不过有些事校长尽量不去插手，他既然放权了让主任来主抓纪律，就不好太过于干涉。不过这一次，他还是决定要亲自出马了。

校长决定先从屡禁不止的学生跳围墙这件事抓起。

因为离校门太远，有些同学放学了就想走个捷径，偷偷翻越围墙。学校有明文规定，翻越围墙者，一次罚款200元。尽管如此，依旧有很多同学抱着侥幸的心理，偷偷翻越围墙。有不幸者，就被逮到。有的就和父母撒谎，说学校又要交费，把钱骗来交了罚款，有的不敢和父母说，就向同学借。然后在每日的饭钱里往外抠，一点一点还债。碍于教导主任的严厉，很多学生都不敢再跳墙了，只有那几个小“古惑仔”还是屡教不改。

校长觉得这并不是个小事，必须认真对待。一连好几日，他都蹲守在围墙边上，果然，被他抓到了好几个跳墙的学生。他逐一进行了登记，那几个跳墙的学生心怀忐忑，心想，又要准备交罚款了。

可是令他们没想到的是，他们不但没交罚款，还被校长亲自请到了办公室，校长对着他们竟然深深鞠了一躬，说他们让他明白，学校还有很多没做到位的地方。这几个坏小子，见惯了校方的蛮横，冷不丁地见到这个软弱的姿态，竟然有些不知所措起来。一个个小声嗫嚅着：我们知道错了，我们愿意交罚款。校长笑了笑，没说什么，让他们各自回去。

第二天，他们看到，他们经常偷偷翻越的那个地方，竟然安装了一扇小门。

那是一扇小木门，还没来得及刷上油漆，可是他们却看到它仿佛镀着阳光的金色，异常耀眼夺目。他们面面相觑。

推开门，阳光呼啦啦地闯了进来，泼给他们，满身满身的金黄。

说来奇怪，从那以后，不见了那些调皮捣蛋的坏小子，学校的风纪也随着这个小集团的“覆灭”而有了很大改观。教导主任有些丈二和尚摸不着头脑，他想不明白，自己绞尽脑汁累脱了发也没搞好的校园风纪问题，竟然因为一个小木门而轻而易举地解决了。校长笑着说：“栅栏里的小马驹如果尥蹶子，你就打开栅栏，给它一片大草原好了。等它绕着大草原尽情驰骋回来以后，它就会长大了。”

八岁的蓝

他经常喝醉酒，妻子一忍再忍，最后实在忍不下去，和他离了婚。半年后，他们唯一的孩子因车祸而死。他们两个又重新在一起。他们做过同样的梦，梦里，孩子总是对他们说，一家人，要在一起。

孩子死的时候，刚刚过完八岁的生日。那一天，天空很蓝，是八岁的蓝。

八岁的孩子，许下了八岁的愿望——一家人，要在一起。

那愿望是蓝色的，没有一丝污染，不带一点功利。

带女儿去热闹的集市，她东张西望，脑袋瓜像拨浪鼓一样转来转去，新奇的事物总是让她应接不暇。可是当她遇到心仪的气球，眼睛便不再移动了，她小小的目光，从那时开始，便学会了忽略和取舍。

八岁的眼睛里，有更多的蓝。

愿所有的花朵，都能抱着露珠安眠，又在露珠的提醒下，醒来。

抱着露珠的花朵，如同抱着最小的海。哪怕是蚂蚁的触须，都会引发一次小小的海啸。又好像是小心翼翼的母亲，怀抱着婴儿，生怕一不小心，就蒸发掉了。

露珠的蓝，是八岁的蓝。

春天我许下愿望，秋天，却忘了还愿。太过顺遂的人，总是容易忘了初心。于是，我有些不情愿地踏入那清静之地，像一块石头，在秋天的寺庙前打盹儿。

寺里的小僧一再告诫，佛前不许拍照。却依然有人偷偷按下快门。拍了佛，就是把佛请进家门了吗？与佛合个影，就会得到他的庇佑了吗？

我还是把八岁的祝愿送给你吧——愿你心中乌云，被吹到九霄之外。

孩子说，远处的炊烟有点怪，没有像往常一样，飘向很远的地方。

不是所有的翅膀都梦想着飞向远方，比如鸽子，就像这炊烟一样，永远围着自己的屋檐，盘旋，打转。

为什么鸽子飞不远呢？孩子接着问。

前世的鸽子，飞得太远，忘记了回家的航线。这一世，它们就不再往远处飞了，只安心守着屋檐，把家的方位，记得牢牢的。

鸽子的白，把天空衬托得更蓝了。

我期盼得遇一个，喜欢天空和大海的、美好的人，并引为知音。在某个黄昏，备好粗茶淡饭，和我的花一起，坐在门口等他。在心里对他说，你一定要来，不可辜负一颗望向你的心。

等待里，有蓝色的光焰，引着人，向不同的季节奔波而去。

我想起前世，作为一尾鱼，我的母亲告诉我，如果有一天，走丢了，要懂得顺着蓝色的地方，自己游回来。

老岳父又跑后山开了一块地，说是要种土豆。他待不住，他说一闲下来，就能感觉自己老了，可他偏偏是不服老的。作为一个农民，他脾气暴躁，喜欢骂娘，但他从来没有骂过脚下的土地，从来没有骂过那头耕牛，也没有骂过一粒粮食。

他骂娘，却又总是忍不住忏悔，他说，对着那么蓝的天，说脏话总是不好的。

小时候，总想把蓝色的月亮摘下来，藏在自己家院子里，只有最亲近的人，和最要好的伙伴，我才拿出来与他们分享。

那是我小小的时光里，最美的蓝。

水渠边，一只好看的蓝蜻蜓，不飞，不动，走近看，发现它死掉了，眼睛闭着，翅膀还是那么漂亮。那年我八岁，我不明白，为何这么美好的事物，也会死去！

那天，我的忧伤也是蓝色的。

我无法逃离那片海水，那片忧郁的蓝色，笼罩着我，将我的一生捆缚。

松开白天的绳索，在夜晚张开梦的翅膀。梦，是蓝色的，能容得下一切，记忆、未来、草原和湖海。

梦，悄悄地，给我松了绑。

像两棵柳树一样相爱

那个时候，他们总是在那两棵柳树下见面，他偎着这棵，她偎着那棵，两棵柳树见证了他们风风雨雨的爱情。

男孩站在那里，不舍得走。他说他们相拥着站立的地方，会长出一棵树，会开出一朵花，会绽放一个春天。

两棵柳树，垂下它们羞涩的头颅，倾吐内心的柔肠百结，那是漫天飞舞的柳絮，那是它们各自公开了自己的秘密：它们恋爱了。

男孩走了，去了很远的远方，说要为女孩打一个天下回来。背上最简单的背包，却叠进去最重的爱。他不敢回头，女孩也不敢唤他，他们各自将泪水甩向风中。

成群的麻雀从柳树的枝头飞起，又落下，它们不懂哀愁，天地间满是它们叽叽喳喳的笑声。

女孩在这里等，一年、两年、三年，保媒的人开始像麻雀一样，纷纷落到她家的院子里，因为她们相中了她，她是一粒饱满的粮食。

“麻雀”们在院子里啧啧地抖落了很多赞美和叹息，所有的人都劝她忘掉那个穷小子：

那小子家好几代都是穷人，就没见过他们穿过一件新衣服。只要能遮住腚就算不错了。

好几口人挤在巴掌大的土坯房里，他拿什么娶你啊？

全家都是病秧子，嫁给他就是往火坑里跳呢。

……

但她没有改变她的初衷，只是在月光皎洁的夜晚，常常免不了生出一丝怨怼：走了这么久，怎么就不知道写封信呢？

她天天在柳树上刻他的名字，刻一个就是一天。她会尽量用最轻的力气刻字，怕他疼痛。有时候她会怜惜地抚摸着树干，仿佛在为自己在它身上“文身”的不礼貌行为向它道歉。

一棵柳树是她，另一棵柳树是他。她的那棵比较瘦弱，而他的那棵比较粗壮。

他回来的时候，去了那个河边。看到了那两棵“文身”的柳树，他看到了那些细小的密密麻麻的他的名字，他感到肩上的背包很沉。他依然一无所有，他本来挣了一笔钱的，可发财心切的他最后又将所有的积蓄打进了一个骗子的账号上。行囊依旧空空，里面折叠的爱更加沉重。他打消了马上见她的念头，他必须走，他不能半途而废，他必须重整旗鼓，他要盖一间漂亮的新房子，娶她过门。

那一夜，他也在她的柳树上刻了她的名字，满满的一树，也是用最轻的力气，他怕她疼痛。他环抱她的柳树，想象她依偎在树上的样子，一个夜晚，万籁俱寂。

天微微发亮的时候，他再一次转身离开，留给女孩又一次等待的轮回。

女孩第二天来的时候，看到了树干上她自己的名字，她知道他回来过，她知道他已经为她留了言：为爱等待。

她知道，爱的真谛不是寻找，而是等待。

她下了决心为他坚守，每天守在柳树下，望穿秋水。风来拨弄柳枝，将那挂满了一树的牵挂和思念，摇得沙沙作响。

她希望他早些回来，她等他等得好苦。

他又何尝不苦呢，他的心，像一块海绵，每天都会拧出大把大把的思念。但他必须忍受煎熬，他要攒钱娶她过门，他要让她跟着他享福。

转眼又过了三年。柳絮再一次漫天飞舞的时候，男孩回来了。他放下手中的包袱，背井离乡的种种艰辛也跟着被他卸了下来。他瘦了许多，但腰包却鼓了起来。

在那两棵柳树下，男孩和女孩见面了。他们一起数着树上的名字，那是他们分开的日日夜夜。没有眼泪，只有他们憨憨地笑。

男孩问，你不担心我永远回不来吗？

不，女孩说，只要有这两棵柳树在，我就知道你能回来。因为它们的根已经纠缠到一起，无法分开。

是啊，两棵柳树恋爱了，就没办法将它们分开了。如果其中一棵被移走或者枯死，那么另一棵也会跟着枯萎。

结婚的时候，他们把两个大红花分别挂到了两棵柳树上，他们说，让这两棵柳树做他们的伴娘和伴郎。

村里人很快便都知道了他们的秘密，这个浪漫的故事让村里的年轻人艳羡不已。那两棵柳树下面，又成就了许许多多的爱情。村里的年轻人在表达爱情的时候，就会折几枝柳树枝子给对方，还有的干脆编个草帽戴着，让爱情在自己的头顶恣意招摇。

村里的广播里，村主任在号召年轻人去植树，“特别是柳树，因为那玩意儿代表了爱情。”村主任的大嗓门震落了房檐上的灰。他们相望着，手拉着手，会心地笑着。

柳树上的那些字早已模糊不清，但村里的年轻人记住了，不管岁月如何变迁，不管路上还有多少羁绊，只要像那两棵柳树一样去相爱，就一定会在他们自己的春天，绽放出他们自己的爱的柳絮。

漫天飞舞的柳絮，就是恋爱的符号，就是纷纷扬扬的思念……

一朵云，全身长满翅膀

一朵云，全身长满翅膀。它欢笑，世界便灿烂，鸟语花香；它哭泣，世界便开始传递忧伤。云在我的眼眉上方，为我的梦想搭窝筑巢。云在天空，伸展翅膀，将尘世的辛酸与疼痛揽入怀中，然后变成泪水，洗刷着这个世界的污浊。有时，它化成风暴，卷起世界的垃圾，让欲望在高楼的顶层发抖。

云，仿佛信纸被一片片撕碎，仿佛梦想被一层层包扎。云，永远不会奔跑，它在散步中领略着尘世的花园。

可是现在，它不动了，它停在马路上空，像一幅安静的油画。世界一下子变得干净了，因为这块巨大的手帕。它能拧出眼泪，在你想要哭泣的时候，它能传出音符，在你想要歌唱的时候。

那天我们都很忙，车子开得飞快。仿佛钱币在前面跳舞，仿佛被欲望点着了屁股。在不得不停下来的闪着红灯的十字路口，我听见一个孩子对另一个孩子说：等一等，让那片云先过马路。

孩子，你们是怕我们这些盲目的车子撞到云吗？是怕那片云掉下眼泪吗？还是，单纯地只想给云让路？给云让路的这段时间里，世界发生了很多变化，很多汽车开过那两个孩子身边，有人停下车看看他们，又看看天上，失望地走开。更远的地方正在召开会议，很多人的命运就在会上决定了。云飘过去，在这个城市最繁华的地段上空。它擦拭着城市生了锈的思想，擦拭着一双双被灯红酒绿迷失的眼睛。

记得一个士兵的死是关于云的：在战壕里，士兵忽然抬起头，看见一朵悠悠飘过的云，他情不自禁地抬头仰望，一会儿把它当成心爱的人寄来的情书，一会儿把它当成从故乡游移过来的羊群，完全被云那千姿百态的美所吸引，忘记了这里是战场，结果一枚炮弹在他身边爆炸了。他死了，死得并不壮烈，却很优美。如果整个世界都能像那个士兵一样，为一朵云让路，这个世界就不会有战争了。

为一朵云让路，就是给童年让路，给一只绣满祝福和愿望的风筝让路；为一朵云让路，就是给梦想让路，给一串蹦蹦跳跳的音符的蝌蚪让路；为一朵云让路，就是给自己的灵魂让路。

“少女从别人的眼睛里看到含苞待放的自己，便以为这个世界永远不会再有坏消息。”我从夜的沼泽里爬出，嘴角还挂着梦的衣裳。我急急地打开窗子，看今天的云是安静的还是喧嚣的，是快乐的还是悲伤的。云，从不曾为谁收起翅膀。但是今天，我感觉到它落地了。它从没有像今天这样，深深扎根在人间，再不去漂泊。

（入选连云港2013年中考模拟试卷）

点石成金：

“让那朵云先过去！”这是我在马路上听到的一个孩子对另一个孩子说的话。他们在地上看到了那朵云的影子，他们放慢了脚步，跟在它后面，一点点地向前移动着脚步。“云，从不曾为谁收起翅膀。但是今天，我感觉到它落地了。它从没有像今天这样，深深扎根在人间，再不去漂泊。”这是我当时想到的一句话。孩子和云都那么可爱，整个世界也跟着可爱极了。写到作品里的时候，这朵云就有了象征意义，它代表一种美好的事物。人们在奔跑的时候，忽略了很多像云这样美好的事物，那两个孩子提醒了我，人不能丢失欣赏美的眼睛，那样，人的心灵迟早会干枯的。为一朵云让路，说白了，就是为那些美好的事物让路。让那些美好的事物来引领我们，奔赴一个个幸福的城堡。

第三辑

半点荧光

人的眼睛是由黑、白两部分组成的，可是为什么要让人只能通过黑的部分去看东西呢？因为人生必须透过黑暗，才能看到光明。

季夫老师的精神钙片

季夫老师是我的语文老师，也是我初三时的班主任。他贫穷、瘦弱，像一粒干瘪的种子。

父亲说，季夫老师是我们村子里第一个大学生，他应该留在大城市的，不该回来。

我的父亲是季夫老师在这个村子里唯一可以谈心的朋友。“是啊，不该回到这片贫瘠的土地上来，做了一粒干瘪的种子。”季夫老师在和父亲喝完酒后，偶尔也会表露出他的遗憾。但更多的时间里，我感受的是他对我们孜孜不倦的爱的教育。

在我的印象中，季夫老师始终是个干干净净、轻轻飘飘的人，甚至于走路不带起一粒尘土，举手投足不煽起一阵微风。一件中山装已经洗得发白，却总是板板正正，没有一丝岁月的尘灰与褶皱。

他喜欢给我们讲故事，并通过一个个故事传递给我们做人的道理。听他的故事，如同泉水滋润心灵，干净、舒适。

他讲的课也是干净的。教书的时候，他心无旁骛。课堂变成了他一个人的舞台，他在那里忘我地演出，而我们的好成绩便是献给他的掌声。

我是作为留级生才有幸来到季夫老师的班级，得以接受一生难以忘怀的教育的。

那时，我在骨子里瞧不起留级生，可是没想到，自己有一天也做了一回“蹲级包子”。为了能够考上县里的重点高中，在父母的一再坚持下，我只好选择留级。我忐忑不安地来到班级，季夫老师是这样向同学们介绍我的：“让我们大家向他祝贺，同一个年级读两次，他是幸运的。因为他可以得到两倍的同学和朋友。”同学们真诚地为我鼓掌，我真诚地向他们鞠躬。

那是我既艰苦又美好的初三生活。

中考前的一个月，季夫老师和家长们商量，让学生们吃住在学校，以全力备考。那一个月是我生命中最难熬的日子，常常由于紧张而失眠。为了保证学生们能安然入睡，季夫老师每天临睡前都给我们吃一粒“安定片”。直到顺利通过中考，没有人怀疑是这一粒小小的安定，给了我们莫大的帮助。考试成绩下来了，我们班是全校考得最好的，15个人考上了县重点高中，其中包括我这个留级生。那天，季夫老师很激动，并告诉了我们一个秘密，他说他每天给我们吃的只不过是一粒钙片而已。

季夫老师的钙片，让我们的精神之树无比茁壮。

季夫老师，一肩明月两袖清风，因为干净而清贫，也因为清贫而干净。其实他本不必如此清贫的，他在城里的一个位高权重的老同学有意帮他走出这个小村子，去更广阔的天地。他很倔强，他不走，他说他是扎根在这村子里的一棵老树，换了地方就会水土不服。

他不走，他把一切都留在了这个村子里。他在这里出生，也在这里逝去。

暑假回家的时候，我听到了季夫老师去世的消息，父亲和我说，季夫老师是在讲台上晕倒的，他的一辈子都是在这讲台上度过的。

我去了季夫老师的讲台，依稀能够感觉到他的呼吸。我看到黑板上依然留着他的笔迹，那是他为孩子们上的最后一课：有的人死了，他还活着……没想到，这句话竟成了他的悼词。

多么贴切的悼词!

其实季夫老师是太过劳累了，师母常年卧病在床，里里外外都需要他一个人来打理，而对学生们，他又是竭尽了全力，他透支了自己的生命。那一刻，我真正懂得了呕心沥血的含义。

季夫老师，从没有大声与我们说过话，但他的声音却能很深地穿透我们的灵魂。

季夫老师，整天一副弱不禁风的样子。但羸弱的他在黑板上写字的时候，却是颇有力道的，他能写出一手漂亮的正楷，规规矩矩的字，像他正大光明的人。

季夫老师，这粒干瘪的种子，是我们的精神钙片。

（入选江西吉安2013年模拟中考试卷）

一株草的天涯

风对草儿说，你是一种卑微的植物，但同时也是最顽强的植物，生命力旺盛。所以，草儿，你的名字不仅仅叫卑微，你还有另外两个名字，一个叫容忍，一个叫生生不息。

萎靡不振的草儿似乎得到了鼓舞，伸了伸腰，向风感激地点点头。它知道，虽然自己遇到了伤心事，但总不至于枯萎。对于草儿来说，枯萎是一件多么令人沮丧的事。

满眼是参天巨木，满眼是姹紫嫣红，而草儿，在空旷的幽谷里选择了寂寞的生和寂寞的死。遥想生命的最初，草儿是一只不知名的飞鸟嗲下的一粒种子，于某一天落进山谷里，几岁几枯荣的日子白云般悠悠飘过，它不停息地生长，不停息地向上。

风自身边经过，带来山那边的消息——灿烂的阳光，淙淙的流水，还有雨后的彩虹。草儿的梦，从那时开始，在开满野花的原野上轻快而行。

草儿有它自己的梦想，如果可以像鸟儿那样飞翔，如果可以像马儿那样奔跑，它会不知疲倦地飞翔和奔跑，寻找自己的天涯。

所谓天涯，即你苦苦追寻而终生走不到的那个地方吧。那里充满诱惑，让人迷恋。

我认识一个叫草儿的农村姑娘，草儿是偷偷来城里打工的，她说她要挣钱给母亲治病。母亲得了很难缠的病，可是没有钱医治。她放弃了学业，因为她需要钱。

见到草儿，才知道这个名字是多么贴切。那么单薄瘦小的她，却扛起了无比沉重的生活。

她给一个有钱人家做保姆，主人让她睡厨房，吃剩饭，却天天要她给他们家的狗炖肉汤，每天还要忍受他们的猜疑。

所谓命运，即是你无法选择而又不得不选择的生存过程。她想自己真的是一株草吧，注定会是贫贱的生命。她只能在每个夜里，对着那轮月亮，流着眼泪思念母亲。

最后，她辞职不干。她说，即便穷死在村子里，也不要去富人家做保姆。

草儿虽然这样发誓，但终归还是没有回到村子里去，因为她要给母亲治病，她还要在城里挣扎。

经好心人介绍，她到一家加工厂做了临时工。工作之余，她一边读书写字，给报纸杂志写稿子，一边还上了夜大，因为她觉得，要适应这个每天都在进步的社会，她的知识远远不够。

她辛苦但快乐地活着，她写道："……世界并不只有玫瑰花，尽管它的美和它的芬芳都应当得到所有人的欣赏。但当我将目光从瞻仰的崇高中收回，我看到自己仍是一株卑微的草。我看到我的脚下同样有片土地，身边同样流动着无息的风。我看到自己的心灵，浮动着忽明忽暗的记忆，那是关于我，一棵草，孤单中的热情，清寒时的欢喜……来世，我还要做这样一株纤细的小草，永远顽强，永远渴望，永远活得执着与认真。"

一个人，对于社会就像一棵草一样，但这并不表示它将关闭自己的声音。一个像草一样的生命，它的声音是极其微弱的，但这并不表示这种声音将无人聆听。

一株草也罢，一片叫着各种名字但同样未被关注的花也罢，都有从对别人的瞩目中回到自我生命的时候，那时，若是一株草它会怎样说？

它会说：“一株草的心胸也可以很温暖。一株草的视线也可以很真情。一株草的语言也可以很别致。一株草，虽然不会奔跑，但也会抵达它的天涯，那里就是属于它的灵魂的自由自在的归宿。”

上帝制造城市的时候也制造了幽谷吧？上帝制造了繁华来使人向往清净，制造了清净来让人们向往繁华，而有时，上帝也制造一株草儿，从它那里看一道静止的风景。

在草儿的身边，每天都荡漾着各种各样的风景和故事，那些风景都已收集成册，那些感动都已化成湖泊，那些寂寞和对天涯的向往还在空中游荡。

一株草的声音，总是很不小心地丢失在风中，可它不在乎。它说，失去的我还能拾捡回来，睡了我还会再醒。我生生不息，就是为了我向往的天涯。

一株草的天涯。

半点荧光

因为一场大风吹断电线，很久不曾停过电的城市经历了一次短暂的黑暗。我在黑暗中摸索着，找到了一只打火机，点着了不久前为孩子买的生日蛋糕上剩下的几支小蜡烛，那荧荧的烛光像萤火虫一样气若游丝，却令我不再那么慌乱。忽然就想起祖母来。

祖母的一生就像一根火柴，不断地为我们储藏着热情和温暖。火柴，小小的木头，把最炽烈的光，藏在最不为人知的暗处。初嫁时，头戴红纱，身材短小，为挥锄的男人烧水煮饭，为灯下的孩子穿针引线。老的时候，光焰散尽，头顶的红纱早已变成灰色的头巾，她再也燃不起火来。

小时候经常停电，停了电祖母就会点燃一盏煤油灯。灯芯长了的时候，屋子就会亮一些。我们在墙上的影子也更清晰一些，我们喜欢这个时候，也更乐于让手掌变幻出老鹰和小兔子的模样，去墙上飞翔或者奔跑。可是祖母往往会在这个时候拿起剪刀，把放纵得有些得意忘形的灯芯拦腰剪掉一半，剩下微弱的一半光亮，苟延残喘。我们的老鹰和小兔子也不再飞翔和奔跑了，我们钻进冷冷的被窝，眨着黑亮亮的眼睛，看着祖母在那半点荧光下，纳着似乎永远也纳不完的鞋底。我们想，那样的鞋子肯定很结实，穿着那样的鞋子，就算再黑的夜，再难的路，也总能走回家的吧。

祖母的半点荧光，长在故乡的中心，是故乡的灯芯。不管我们走多远，都不会忘了回家的路。

看过这样一个故事：抗日战争时期，日本兵逮捕了我党的一名地下工作者。他在被俘后，受尽了日本兵的严刑拷打。但是日本兵为了套出他口中的机密，却又不让他死，把他的两条腿绑住，两只手绑住，甚至把他的两个大拇指绑住，防止他自杀。他每天就在酷刑和审问中度过，但是看守他的日本兵发现，他竟然每天早晨都坚持做操，由于伤腿他不能站起来，就那样躺在床板上，嘴里喊着号令，扭动着腰肢，活动着胳膊，在被日本兵关押的一年当中，天天如此，等到日本投降的时候，他竟然奇迹般地还活着。

残忍的酷刑差一点点掐灭他的生命之火，但他依靠心中的信念，顽强地留住了生命的半点荧光。荧光虽半点，却可以暖一副躯壳于冰窖，救一颗心魂于地狱。

犹太人的经典《塔木德》里有一句话：人的眼睛是由黑、白两部分组成的，可是神为什么要让人只能通过黑的部分去看东西呢？因为人生必须透过黑暗，才能看到光明。

是啊，黑暗并不可怕，只要心中亮着哪怕半点荧光。

读阎连科的小说《年月日》的时候，脑海中也闪闪烁烁地浮现着半点荧光。

先爷是整个村落留下来的唯一的一个人，他活着的唯一目的，就是守护一株玉米苗。那是他的半点荧光，他的全部的希望。无粮，他把老鼠洞里的存粮刨出来；无水，他把井里的水用褥子浸湿拧出来。直到老鼠洞里再刨不出一粒米，仅有的水井也被死老鼠填满。先爷到处捉老鼠当吃食，到四十里外去寻水，与狼群展开一夜的对峙并最终令狼群退去。当他发现玉米苗亟须肥料的滋养时，他毅然决然地以自己的身躯为它充当肥料。最终，他的尸体与玉米的根须紧紧地相拥而眠，玉米的根须穿透了他的皮肉和骨髓，吸吮了他的养料而存活下来，并最终结成了玉米棒子，上面有七颗成熟的玉米籽。

那七颗宝贵的玉米种子，也便成了村人们的半点荧光，给了他们得以继续活下去的希望。先爷通过那七颗种子，传递给村人们一个信念：“能活着就好！”

能活着就好。活着就会上演奇迹。

只要还有一片鹰的羽毛，便不该对飞翔感到为难；

只要还能见到一滴露水，便不该抛弃对叶子的爱恋；

只要还有一根火柴，便不该失去对光明的渴念；

只要还有半点萤火，便不该有半点厌世弃世之心！

点石成金：

这是一篇素材叠加类文章，就是一篇文章里有两个以上的素材，而这篇文章属于“火箭型”素材叠加类文章。

大家知道，火箭要发射，是需要火箭筒和助推器的，那就是说需要一个中心素材，就是最重要的素材，然后还需要两个辅料来推动它，使这篇文章达到一个预想的高度。

来说说这篇文章的其中一个素材，那是我看过阎连科的小说《年月日》后归纳的故事纲要：先爷是整个村落留下来的唯一的一个人，他活着的唯一目的，就是守护一株玉米苗。那是他的半点荧光，他的全部的希望。无粮，他把老鼠洞里的存粮刨出来；无水，他把井里的水用褥子浸湿拧出来。直到老鼠洞里再刨不出一粒米，仅有的水井也被死老鼠填满。先爷到处捉老鼠当吃食，到四十里外去寻水，与狼群展开一夜的对峙并最终令狼群退去。当他发现玉米苗亟须肥料的滋养时，他毅然决然地以自己的身躯为它充当肥料。最终，他的尸体与玉米的根须紧紧地相拥而眠，玉米的根须穿透了他的皮肉和骨髓，吸吮了他的养料而存活下来，并最终结成了玉米棒子，上面有七颗成熟的玉米籽。

这样一个素材让我费尽心思，总想把它写出来，可它是别人小说的梗概，不好单独拿出来再延伸扩展故事，那么就只有做“辅料”了。我就干脆把它放进我的素材库。有一天，我写了一段“半点荧光”的文字，就是上文开篇的第一个素材。第一个素材写完，就觉得没有东西可写了。可是这样这篇文章就是不饱满的。这个时候我就想到了在我的素材库里酣睡了有一阵子的那则素材，用在这里不是正合适吗？与此同时，我的素材库里还收集着一个抗日战争时候一个地下党员被俘之后惨遭折磨的小故事，正好也可以用来做辅料，这样，主料和辅料都有了，文章也自然就成型了，便成了上文。

需要注意的一个问题，有时候，文章罗列很多素材，却没有过渡，一件事说完接着说另一件事，最后总结一个总的感悟，这样就给人一种胡乱堆砌素材的感觉，让人读着乏味，这就需要每个素材之间有一个过渡，这个过渡可以是每一个素材的“小结”。

大家看，祖母的故事是主要素材，后两个故事是辅助素材，结尾配以充满诗意和哲思的四个并列句进行精炼感悟，这“火箭”是不是就成功升空了呢！

你看到的月光是有限的

睁开眼睛的时候已近黄昏，夕阳像一面镜子照着我的一生。而我并不为此悲伤，霞光褪尽，夜色升腾，总还会有一弯月亮在，哪怕是弯弯浅浅的一抹，我也会把它当作一根银色的簪子，插在头上，试图拢住那些慢慢逝去的光阴。

黑暗将最后一滴光明一饮而尽，夜便有些醉了，摇摇晃晃地扶着一串串路灯，那路灯，便一盏盏地亮了起来，仿佛被它喝掉的光明，正在一点点地被吐出来。

哪里会有永远的黑暗啊！我笑着，依稀看到了明天的光明，以德报怨，将最后一滴黑暗一饮而尽。

敞开的窗户就像是夜晚竖起的耳朵。

那个夜里，我伏在桌子上写诗，一阵风拨楞着夜的耳朵，轻轻吹拂着那16开大小的一片小小雪地，稿纸上的诗行就犹如轻灵的小兽们留下的蹄痕。

月亮升起，如同一个准时的赴约者，默默地读我写下的诗篇。

一阵风最后离去，带走了房间里的一些尘灰，月亮迟迟不肯离去，她说还有一段朦胧的诗没有看明白。

“哪一句呢？”我慢慢地翻，慢慢地想，一定是这一段：

月光，美人鱼一般游进来
我捂着脸，羞怯地躲到暗处
端过一盆清亮亮的水
从头到脚
我要认认真真地清洗
不然月光会嫌恶
会很快地从我身边游走

我是真的，怕月光从我身边游走。

人生，有一半的时间是在夜里，我真想移过一盏灯来，好好看看亲人们熟睡时的样子。我要她们躺在我点燃的月亮下，懒懒地翻一个身，微微地打鼾。那样的幸福，足以令我在无数个日子里，娓娓道来。

月光多美，这就是我喜欢夜的原因吧。

世界静了，灵魂才真正热闹起来。音乐和诗歌，轮番来抢那支麦克风，在轰鸣的胸腔里，制造繁华。而我，只需要一杯酒和几滴墨水。用酒，把该忘记的忘记，用墨水，把该铭记的反复记载。

不喜欢白天。白天，我们被五花大绑走在大街上，被强迫着向金钱膜拜，被强迫着说出——真诚就是傻瓜。

所以我更喜欢躲进夜里。在夜里可以反思一些事情，懂得反思，人才是有救的。很多人的心思用在观察别人身上，有谁真正认真地对待过自己的现在呢？有谁关心过自己头顶的月光是柔和的，还是清凉的呢？

人们习惯的是泼冷水，如果能把月光泼过去，人们断然是极乐意接受的吧。

人总要时不时地敲敲自己的胸脯，问问自己的心脏，是否仍悬得端正。

碰上满月的时候，我们这个城市的路灯就会比平时关得早一些，这大概是欢迎月亮的最好方式了。大月亮地儿，大人们吓唬孩子说，不要说假话，因为一旦说了假话心就会变了颜色，就会被月亮照到，那月亮地儿里的鬼魂就会把那样的心抓去吃掉。孩子们果然老实了许多，乖乖地坦白了不少白天里的“恶作剧”。

再恶毒的人看到月光都是美的吧。当然，那头猪肯定除外。它在圈里拱来拱去，似乎在咒骂夜的漫长，于它，这个夜是煎熬，因为要等到天亮才有食物。

我不喜欢白天，大概就像饿着的猪，不喜欢夜一样。

邦达列夫常常想起一句话：月光并非照耀着每一个人。他自己也想不明白为何总是想起它，最后，他终于了悟，这句话里“并非充满欢乐，而是充满着对世界上许多在春天没有享受到月光的人们的哀痛”。

是啊，生命是脆弱的，充满着变数，那些意外就如同躲在暗处的子弹，发射出来令人猝不及防。生命中本没有多少月光是可以随意挥霍的，今夜，我们看到了月光，那就是福气啊。

所以，我现在的习惯就是，每天临睡前，都要走到阳台上，抬眼望一下夜空，如果碰上满月，我会张开怀抱，与它抱个满怀；如果是弯月，我会舒展眉头，报以一个深情的凝眸；如果是阴天或者雨天，我一样会报以一个灿烂的笑脸，因为我知道，那些厚厚的云层虽然会遮挡它的银辉，但遮不住它要捎给我的好消息：相信吧，明天会是个好天气！

所以，纵情享乐着的人们啊，请尽可能地从花天酒地之中抬起头来，揉揉你那被灯红酒绿迷乱的眼，望望空中时远时近的月亮。多看一眼，你的眼睛就多了一份澄明，多看一眼，你的灵魂就多了一份润泽。

你看到的月光毕竟是有限的啊！

黑暗中的珍珠

台湾之旅，认识了一种叫莲雾的水果。它们原来生长于印度和马来半岛，后来被荷兰人移植到台湾。

莲雾，莲瓣上的雾露，且不论它的味道怎么样，单单这诗意的名字，便足够让人垂涎三尺了。它如同莲蓬，但通体的颜色是粉红色的，就如同粉红的荷花瓣，外形像是一个挂着的铃铛，再仔细看，又如同婴儿紧握的小手，所以我的同行们有几个居然不敢吃，大概就像唐僧不敢吃人参果一样吧。

莲雾也分好几种，近来出现了一种叫“黑珍珠”的莲雾。它比一般的莲雾更甜、更脆，在任何地方都卖得很贵。为什么会有黑珍珠莲雾呢？那个种莲雾的人告诉我们，有一个人把莲雾种在离海岸不远的地方，有一次刮台风的时候，海啸冲上来，冲到他的莲雾田里面。那一天他心里又沮丧又难过，想到他的莲雾一定都死掉了；因为海水涨上来，地都变成咸的，理论上莲雾一定会死的。结果，莲雾不但没有死，那一年生产的莲雾反而特别的甜。奇怪，原因在哪里？他就想，可能是因为海水的关系，那么是不是可以把莲雾田再往前推向更靠近海的地方？

他动了这样的意念，便把莲雾田移向可以感受到海水和海风更明显的地方，结果没想到莲雾真的都变得很甜，而且硬度也比一般的高，附着力也很强，就是因为它要对抗海风的缘故。

这件事给了我们一个很好的启示：一个人如果可以对抗不好的、黑暗的、恶劣的环境，说不定就可以在心里也长出如黑珍珠莲雾一般，更坚强、更甜美、更能够抗拒任何困厄的力量。

此外，我们还认识了一种“港口茶”，这种茶也是种在海岸上，它的茶叶比平常的乌龙茶叶大一倍，而且也厚一倍，摘下来时好像仙人掌一样。这种茶叶很特别，因为它生长的土地充满了盐分，它要与这种盐分抗争，所以就长得像仙人掌一样；而它为了要忍受海风的侵蚀，所以味道也非常强悍。恶劣的环境可以考验一棵植物，恶劣的环境当然也可以考验一个人！当我第一次喝到港口茶的时候，心里就非常震动，这么好的茶居然几乎没有人知道。

这就是苦难的力量，能摧毁人也能锻造人。当我们的人生不得不面临一些黑暗的时候，我们不能一味地躲避，气馁地蜷缩进墙角，苟延残喘。我们要学会借力打力，借着黑暗的力量打败黑暗，从而在黑暗中把自己磨砺成一颗珍珠。

亲爱的向日葵

五一假期里，二妮儿的老师给他们留了特别的“作业”——做一件有意义的好事。

什么算是有意义的好事呢？她现在可没心思想这些，因为她马上就要辍学了。

几天前，本来就贫寒的家里遭了灭顶之灾：父亲在工地上摔成了残疾。顶梁柱倒了，全家人都靠着母亲一个人捡破烂维持着生计。她想，她不能再给家里增添负担了，她要去找活儿干，替母亲分担一点苦累。

她想，过完这几天假期，就算彻底辍学了，而现在呢？最起码还不算吧。她这样安慰着自己，希望时光不要再往前赶，就此停住，那样她就可以永远做一个学生，保存一张向日葵般的笑脸。

“既然我还是学生，那就该完成老师留的作业啊。”她决定去做一件有意义的好事。

最后，她把目标锁定在一位孤寡老人身上。

那是一位奇怪的老人，她不知道他有没有儿女，他的院子每天都是死气沉沉，不见他出来遛弯儿，也不见他和人来往，他把自己与这个世界完全隔绝开了。她想去帮他打扫打扫卫生，说说话啥的，这也该算是有意义的吧，毕竟在帮一个老人寻找一点快乐。

她说明了来意，老人很是欢喜，老人说，你不用帮我干活，你只要在我的院子里玩耍就好，我就能感觉到快乐了。

对于老人来说，二妮儿就像一只欢快的喜鹊，顿时让他的院子热闹起来。二妮儿也感到老人很是亲切，像极了过世的爷爷。渐渐地，他们成了无话不谈的"忘年交"。

她为老人带去了欢乐，每天陪他说话，捉迷藏。二妮儿还把自己辛苦攒下的10多元钱都用到了他的身上。她不清楚自己为什么会对这个陌生的老人感到亲切，冥冥之中，他们好像有种牵扯不断的关联。她只想给他带去一丝快乐。但老人似乎并不缺钱，他总要给二妮儿一些零花钱，但二妮儿一次也没有要。

每天，看着二妮儿在他的院子里晃动的身影，就是老人最快乐的时光。

她心底的心事只能和老人说，她和他讲学校里各种各样有趣的事情，和他讲自己就要辍学了，说这些的时候，二妮儿的心底泛起一阵酸楚，眼底明显地泛着泪光。

老人安慰她说，别难过，一切都会过去的，你一定要坚强乐观地把眼前的困苦挺过去。

老人给了她一把向日葵的种子，对她说，去吧，把这些种子种到那个墙角去，等秋天的时候，我们就有瓜子嗑了。

她在院子里忙活开来，从种下向日葵那一刻起，她的心便被某种神秘的东西拴住了，她甚至开始盼望，向日葵早日绽开笑脸。

什么时候能看到它们的笑脸呢？她问老人。

现在就开了，老人开玩笑说，你就是我的向日葵。

她灿烂地笑着，忘了明天是上学的日子，也是她永远离开学校的日子。

时光不会停止，哪怕你拿生命去贿赂，它也不会停下一秒。但奇迹会发生，它让无常的人世变得多么奇妙而美好！

就在二妮儿辍学的三个月之后，她收到了一封寄自韩国的信：

亲爱的向日葵！

你好。当你读到这封信的时候，我已经在韩国了。儿子们来接我很多次，我都没有来，但这次我来了，因为是你使我改变了想法。你的快乐感染了我，使我本来要荒芜掉的生命重新焕发了活力，我想，哪怕只剩一天，我也要快乐地活着。现在，我和儿女们在一起，我不知道这辈子还能不能回去了。你替我照看下我的房子吧，向日葵成熟了，你别忘了去摘啊！另外我以你的名义存了一笔资金，用来资助你上学，直到你大学毕业。

最后，祝你永远快乐！

一个因为你而感到幸福的老人。

二妮儿的手微微地颤动着，她向老人的院子奔跑过去，院门没有上锁，她知道，那是老人给她留的门。

向日葵长高了，渐渐高过院墙，那一张张笑脸无比灿烂。她站在那些向日葵下，抬头仰望着那些光灿灿的笑脸，忘了自己，也有一张向日葵的笑脸，镀着阳光的金色。

她想给老人写封回信，可那些感谢的话，对于她和他来说，会显得多么蹩脚啊。忽然间她想到了，等向日葵成熟了，她要把葵花籽为老人寄去，除此，什么都不用说。她知道，老人会懂得，这几粒葵花籽所代表的全部语言。

二妮儿握紧拳头，为自己的想法激动不已！

加油啊！她和那几棵向日葵，在灿烂的阳光下，相互鼓励着。

（入选山东聊城2014年中考模拟试卷）

躲不掉的荒凉

他的眼里只能看到辛酸，只能看到残垣断壁，只能看到夕阳，他的心总是被苦水浸泡。

他忧郁的心，在尘世无人知晓。一本一本的典籍，是清风古刹中唯一的慰藉。

在他眼中，每个奔走的人，都是为了活命的蝼蚁。到处是为温饱而奔波的瘦弱的鞋，到处是灰白相间晃动的人影。人世是荒凉的，是黑白照片，并没有艳丽的色彩。

他是一个感情丰富的人，从小就能同情穷困的人，甚至爱及小动物。他去日本留学时，曾特地拍了电报来问家里养的猫是否平安。

弟子请他在藤椅上坐。他把椅子轻轻摇动一下，然后慢慢地坐下去。弟子起初不敢问，后来看他每次都是如此，就斗胆启问。他回答说："这椅子里头，两根藤之间，也许有小虫伏着，突然坐下去，会把它们压死。所以先摇动一下，慢慢地坐下去，好让它们走避。"

花园里的花开得再艳，于他也是悲凉，因为他看到了被人掐掉的花的残骸，他听到了花的呻吟；树上的鸟儿叫得再欢，于他也是悲凉，因为他看到了那躲在暗处的对着鸟儿瞄准的枪口；洁白的云朵飘得再高，于他也是悲凉，因为他看到了云朵里隐藏的泪水；地上的虫儿在阳光下惬意地伸着懒腰，于他也是悲凉，因为他无法为它们当一生的保护伞，他阻挡不了那些迅疾的脚步，那些轰隆隆的践踏生灵的“坦克”。

某年，他偶尔经过上海，向坊间购买仿宋活字，以作印刷佛经之用。觉得字体参差，行列不匀，因发愿特写字模一幅，制成大小活字。返山后，就依字典部首，聚精会神逐一书写，日作数十字，偏正肥瘦大小稍不适意，就重写。一个月后，写到“刀”部，忽然中止。问其故，说：刀部的字，多有杀伤意，不忍下笔。

他悲悯整个尘世，把每一片落叶都当作是哀婉的悼词。在一大堆落叶中间，他谱了一曲《送别》，轻轻关上了一扇门，曾经为他而沸沸扬扬的尘世被远远地隔开了。

有人为他的《送别》作了这样的评述：“他送别的是谁？是爱人？是亲人？是世界？都不是，他送别的只是他自己。他走向了彼岸，没有回头，没有看自己一眼。是尘世死了，而不是他死了。”

在圆寂前，他再三叮嘱弟子把自己的遗体装龛时，在龛的四个脚下各垫上一个碗，碗中装水，以免蚂蚁虫子爬上遗体后在火化时被无辜烧死。

弘一法师，是活在人世的，悲悯的佛。

点石成金：

“无心者公，无我者明。”“自古仁人志士，以儒济世、以道修身、以佛治心，可谓是智慧通达。”这些都是弘一法师的经典珍藏句子。一个心里装满慈悲的人，慈悲得教人感到荒凉。坐椅子要抖一下椅子的人，能听到花儿呻吟的人，能看到云朵里藏着泪水的人，不敢下笔写“刀”的人，读来都叫人伤感。他带着悲悯的心永远地离开了人世，他把落叶都当作是哀婉的悼词。读一个人，要悟出其真善美，永远以悲悯的心面对尘世。

不妨吹吹小冷风

不论是电视剧还是畅销书，铺天盖地渲染着爱的轰轰烈烈，看惯了爱的炽热，一旦有一股小冷风穿过，还真是别有一番滋味。

在一个专营“过桥米线”的小店里，我看到一个男人和一个女人。从样貌上看，男人明显比女人年轻。凭感觉，这好像是一对暧昧的网友。

我看到那男人有些拘谨，坐在那里时不时地望向别的地方，有些心不在焉。那女人问他，要不要喝点啤酒，男人点了点头。

女人从钱包里掏了零钱要了瓶啤酒，男人始终没有露出笑脸，大概是嫌女人找了这个过于便宜的地方吃饭吧。但看样子那女人也不是很富有，穿着打扮上也很是普通。大概和他想象中的人大相径庭吧，所以提不起他的兴致来。

两个人闷头吃着，女人时不时地拿餐巾纸去擦那男人的嘴巴，照顾得很周到，男人似乎并不领情，一句谢谢也不说，好像这一切都是他该领受的。

“吃完饭我们去哪里呢？”女人依旧殷勤地问着。

“随便吧。”男人有些不屑地说，“就你们这小地方，能有什么好玩的去处？”

听到这样的话，再蠢的女人都该能听出话中的含义了吧。这一次见面，大概把之前所有的美好都统统打碎了。

看在眼里，颇为那个女人不值。她该是被自己一厢情愿的热情烫伤了吧，皮肤和内心定是针扎似的疼！

而生活中是不是也经常有这样过分的热情？就像一朵过于绚烂，过于搔首弄姿的花，猝然间遇到一股冷风，使她瞬间凋枯。

一个女人爱上了自己的老板，老板也似乎真挚地爱上了她。因为当女人没有特殊的容貌和背景时，感情就会变得相对纯净。就像你会怀疑百元钞票的真伪，但不必怀疑几毛钱的纸票。他们爱得迷乱，爱得纠缠，可是时间还是会介入人类感情的鉴别之中。有一天，老板对女人说："也许我们这样就已经是最好，否则我们双方生活在一起，还会被现实的琐碎和双方家庭遗留下来的问题弄得心力交瘁。"

女人明白，这一句话是在为他们的爱设置了底线，限定了高度。女人这时已经在男人的帮助下有了自己的生意。他们没有明确什么，只是一些东西自然地淡了下来，心，不知什么时候起就已经准备好了对结局的承担。奇怪的是，她并不觉得悲凉，反而在这股小冷风里得到了些许解脱和自在。

一年有四季，如果日日酷暑，断是谁也吃不消的。这小冷风就像你温柔乡里的一个冷战，靡靡之音中的一记惊堂木。爱中有冷热，世态亦炎凉，不妨吹吹小冷风，使你的心，得以清醒，懂得辨别。

点石成金：

有一次，我在我的读者群里和读者们互动，现场帮他们找写作灵感。我让读者们发自己认为可写的小素材，我来帮大家分析，结果却难住了他们，发不上来。一个女读者甚至说，对身边的生活挺麻木的，感觉没什么可写的。然后开玩笑似的说，天气变冷了，很想扎辫子，这可不可以写？

当时有点生气，这干吗呢？踢馆吗？

显然，这是一个对写作还不具备最基本的热忱的人，她觉得这样可以难倒我。我当时虽然有点儿生气，但我的回答是——这个可以写！

那么怎么写呢？

首先，天气变冷了，很想扎辫子。这就反映了一个人的心态。一个人是怀着怎样的心态这样想的呢？

扎了辫子，心情就会更好，让自己清清爽爽地走进冷风里。这未尝不是一种可贵的勇敢。

很多人遇到冷风会畏缩不前，而你扎了辫子，勇敢地闯进去，如同蜜蜂扎进它的花蕊里。

毅然决绝，抛却整整一夏的繁华，去孤独的冷风里洗练。

她忽然问了一句，“是不是闯入得有点冒失？”

这个问话，问得好。本身这一问，也有着疼惜的成分。

是怕自己的冒失扰了那份清净？还是怕冷冽的风受了袭扰？这其实都源于对清冷的风的热爱。所以主题可以定义为：用清冷的风为灵魂保险。

一年有四季，如果日日酷暑，断是谁也吃不消的。这小冷风就像你温柔乡里的一个冷战，靡靡之音中的一记惊堂木。爱中有冷热，世态亦炎凉，不妨吹吹小冷风，使你的心，得以清醒，懂得辨别。

而题目也可随之定义为：不妨吹吹小冷风。

这么一延伸，一篇文章是不是就呼之欲出了呢？

清空心灵的邮箱

1988年10月27日，一艘秘鲁潜水艇突然与一艘日本渔船相撞沉没，艇长和6名士兵当即随着潜水艇一起沉到海底。

秘鲁海军曾派出一艘潜水艇前往救援，但束手无策。在危急关头，被困在艇内的水兵们想出了一个危险的自救办法，即从逃生管道中把人当鱼雷一样射出去。他们估计从33米深的海底到达海面约需30秒，这期间人要承受巨大压力，可能会患致命的“沉箱病”。在弹出之前，代理艇长告诉大家必须呼出自己肺内的所有空气，否则人的肺在上升途中会像气球一样爆开。在逃生过程中，水兵们忍受着压力急剧变化带来的极大痛苦，在尖叫声中被弹出水面，除一人出现脑出血外，其余的人均安然脱险。

清空身体，拯救了这帮士兵的生命。

纪伯伦说：如果嘴里填满食物，你又怎能歌唱？是啊，碗是空的，才可以盛饭；杯子是空的，才可以装水；笛子是空的，所以能吹出曲子；心是空的，才可以接受知识，感受生活。而我们的心却越来越满，逐渐失去了感受生命的能力，只是凭直觉和本能，告诉自己还不够、我还要。有了三居要四居，有了四居要高层；有了奥拓要雪铁龙，有了雪铁龙，还惦记着劳斯莱斯……

我们关心的始终是自己得到的够不够多，身份够不够重，官位够不够大，用欲望把自己“喂”得臃肿不堪。

当心灵蒙上了太多的灰尘，世界因此就暗淡下来。

人要丢掉生命中多余的部分。心空着，才能聆听到天籁。犹如窗子开着，风才能吹进去。

清空我的邮箱，是为了收到更多命运的“情书”；清理过去，是为了让自己有足够的空间存储未来。我把生活习惯存放C盘；把家人，亲戚，朋友存放D盘；把自己的工作和财产存放E盘和F盘。然后把大脑里这些因为时间沉淀起来的垃圾全部清理掉，免得压力太大经常死机。清空后再给自己来个一键还原，还原到1974年4月5日，我出生的日子。那样，第二天醒来，我就是一个新生的婴儿了。我会发现每一个人都很友善——一个婴儿怎么会有仇人呢？那时，每一声鸟啼、每一朵花儿都那么令人兴奋不已。

心就像是一个邮箱，要定期地进行清空，否则会影响你思考的速度，禁锢你飞翔的羽翼。

婉约之门

只能在秋天，只能在秋天的一个下午，只能在秋天的一个落着细雨的下午，我才能坐下来，用手中的瑟瑟之笔来描摹李清照，这个一生悲凉的女人。

我坐在一扇玻璃窗边读一本婉约的词集，阳光一寸一寸地涨，渐渐漫过膝盖，当它漫到浅灰色的书页上时，还是不能暖过来一颗因怜惜而寒冷的心。

窗外卖烤地瓜的女人是幸福的，因为有丈夫脏兮兮的手在为她擦拭汗水；不远处的阳光下织毛衣的女人是幸福的，因为她在毛线上感受到了爱人的体温；菜市场里与小贩讨价还价的女人是幸福的，因为她看到了丈夫吃饭时的狼吞虎咽……只有李清照是不幸的，因为她的前半生太幸福。

那是一段段悲欢离合的故事，昨夜或者今宵看到的东西，一幅幅从宋代晃动着移过来的画面：关于幸福被捧在怀里时的梦呓以及被撕碎时的苦言凄语，关于月亮上的一次次团圆和一幕幕葬礼。

我看到一只蝴蝶或者蜻蜓悄悄落在她的衣袖上，倾听她美丽的叹息在风中飘来荡去。一片片叶子，是她日夜操劳的心。一阵风打破她的思念，她拂了一下长发，走回屋中。取出笔墨纸砚，想把这些美好的事物填进词里。

世俗的声音无法惊动她，她的屋子，是花朵围成的禅房。她高洁的身影，只在花园与云朵间徘徊。

她又开始怅然地回忆了，一杯淡淡的茶，一段清苦的琴声。一个她深深呼唤着的名字。那些往事的风筝无法飞远，因为她的手心里紧紧握着思念的线。

她流了一滴泪，宣纸上便开出了一朵莲花。那颗被思念扯碎的心，仍在月光下流浪。梦是佛堂，她踏进去，仿佛听到涅槃的声音。有羽毛飘落，有阳光升起，让每一个伤口都能开出花朵，让每一双眼睛都能相信明天。可终有醒来的时候，犹如黄粱一梦。寂冷的身边，人和神一个都没有。

她持着一根孤单而哀伤的毛线，日夜不停地缠绕成一件思念的毛衣，为自己取暖。她想对他说，回来吧，声音轻得像落在耳边的雪。

一个是另一个手心里牢牢攥紧的恩赐，一个是另一个眉结间苦苦锁住的哀怨。李清照盼归的男人没有回来，曾经的甜蜜和幸福猝然间变成苍凉苦涩的记忆，幸福像糖一样在思念的时光中化掉了。

在等待的日子里，蝴蝶骤然老去，如秋日里一片片斑驳的叶子；在等待的日子里，蜻蜓纷纷出嫁，带着它们薄如蝉翼的幸福；在等待的日子里，人像黄花一样瘦了。

她的声音在摇摇欲坠的宋代末年渐渐沙哑，倾听的水却在2005年的今夜涨潮。当秋风中的落叶渐渐把一扇婉约的门覆盖的时候，我如同回到了那个时代一般回顾了与一位女子的惊鸿一瞥。

婉约之门里那个一闪即逝的女词人，秋风中的苦命红颜。

点石成金：

读书有感，阅文有思，这是人之常情。有一天，手捧一部婉约词集在一个充满阳光的时候读一位冰冷的词人的心，眼前的阳光与耳边的喧响以及那些看似庸常的人们的温暖，使李清照的孤苦与寂寞更加深重。有多少人为她的才思而赞叹，有多少人为她的温婉而流泪，又有多少人读懂了其那深深的幽怨和难挨的期盼与等待呢？恰是于此立意，文字中深蕴的情思与愁苦，在一个秋天的深深的时光中，打开了一扇婉约之门，感受了一位痴情女子的一瞬，那惊鸿一瞥便成了心通意近的知己。

敞开想象的大门，让潮水在此时涨满。读书感悟类文章的写作，离不开想象，唯其心游万仞、视通八极无以为文。我在秋天读李清照的秋词，在温暖中感受李清照的凄凉，在现实背景下塑造一个历史文人的常情常态，正是因词的内涵而展开的丰富想象，其中的意境，源自李词而又不着痕迹，感受词人的步履体味其情意，却不是原作翻新，想象的翅膀展开了，任由神思飞扬，构筑一个新的世界。

妙用修辞手法，让语言在叙述中生动。文贵语言精妙，修辞当是首选。本文的语言优美中透着灵动，生动中浸着感情。那一句“阳光一寸一寸地涨，渐渐漫过膝盖”夸张与拟人共用，既富有质感又具有灵性；第二节中一组排比，虚实相映，现实与历史互相衬托，别有情味。

睡在风里的蒲公英

是的，就这样离开。小提琴上的火焰和大提琴上的海水仍在那里交相辉映，我却独自逃开了。我宁愿去一个空白处，去一个一贫如洗的地方。只要带上一捧土壤和几粒花籽，我就可以在那里点燃一个春天。

那些褪去的光芒又重新罩在我的身上，身上的河流停止了流淌。我眼睁睁地看着一首流行歌曲的熄灭。唯美主义的月亮被世人挂到空中，完成了一次命里注定的悲剧。事实就是如此，既然没有能力阻止月亮的圆缺，就心甘情愿接受这个夜吧。既然无法把青春的苹果再送回自己的掌心，那就任它去滋润别人的青春吧。尽管压在心底的心事让我阴郁了很久很久，已蓄满了洗刷尘世的泪水，可我还是忍着，忍着，怕惊扰鸽子一般的我的女儿。孩子都害怕大人的眼泪，他们认定那是灾难。偏偏这时女儿醒来，与我对视。她说她在我的眼睛里看到了什么东西在滚动，我告诉她，是因为有爱，世人的眼里才攒满了珍珠。

无法斩断的忧伤曾经丝绸一样裹在我的身上，我翻遍身上的全部口袋，仍找不到火柴，我倾倒灵魂里的所有杯子，仍倒不出一滴酒来。外面的雨，是命运不经意间流露出的真情吗？在这个黑黑的夜，我要积攒足够多的梦想的萤虫，造出一个信念的灯笼，照亮灵魂里的漆黑之处和未知之旅。

春光烂漫的时候，依然没有人停下。一簇簇活生生的火焰就在尘世里舞蹈，可是苍白的一群魂灵不知向它靠拢。莫非这个世界真的病了，病得连活蹦乱跳的孩子都足不出户。一道道墙，一扇扇厚重的门，隔绝着人心之间静静流淌的河。

我不断地舍弃，是因为我不想让追梦的翅膀过于沉重；我不停地流浪，是因为每一寸土地都沾惹着我的泪水。我就像那随风飘着的蒲公英花籽，用数不清的梦想爱着一片片土地。

我一次次地滑进沼泽，阳光被搓成一根绳子，可以救我到快乐的岸边。我抖了抖阳光里的尘埃，便重新回到阳光中来了。生命依然那样美好，永远是一尘不染的早晨，永远是佳人有约的黄昏。

太阳是父亲，地球是母亲。父亲每天都尽量把最新鲜的血液输给我们，我们不懂感激，还制造了一大堆臭氧层让他忧心忡忡，我们是一群不省心的孩子，不知道母亲的身体里还有多少可供点燃的灯油，我们一点点在耗尽，任意挥霍着一种恩情。

我不断地离开，只想让自己不断地开始。一个人不能只在回忆里生存，那样的心灵会生满青苔。

我不停地飘，累了就睡在风里。我不停地走，用一个伤口抚平另一个伤口。疼痛中我走错了很多路，然后重新走，不停地走，忧伤像遍地丛生的杂草，直到今天也没有割完。

我听见一个声音说，随风去吧，风会把你带到阳光的中心。我便真的感觉到风了，并看见风中无数的蒲公英的花籽，它们在风中快乐地飘着，世界的每一处都是它们的家。我随着风跑，跑过一片草原，又跑过一片丛林，蹚过一条河流，又爬过一座山岗，不停歇的风，牵动我不停歇的脚步，从日出到日落，从日落到日出。

一个最后的消息说，雪要落了。那么，就任它落吧。我已经在它落下之前微笑着躺下了，像那睡在风中的蒲公英，紧紧贴着会呼吸的土地，渐渐地，把自己忘却。

点石成金：

这是一篇抒情散文，一个不堪生活重负的人，妄图逃离一切，去一个一贫如洗的地方。可是他依然无法使自己快乐起来，因为曾经的“世外桃源”已不再宁静，那里机器轰鸣，浓烟滚滚。于是就接着飘，只想寻找一个灵魂的栖居地，像蒲公英的种子，不停地随着风飘。荷尔德林说的“诗意地栖居”，大概就是这样一种心态。人不能没有根，人，总要给自己的灵魂找到一个栖居地。

你，出发了吗？

爱是一座叹息的桥

人说，在对的时间，遇到对的人，是一生幸福；在对的时间，遇到错的人，是一场心伤；在错的时间，遇到错的人，是一段荒唐；在错的时间，遇到对的人，是一声叹息。

几个假设当中，最让人梦寐以求的，是在对的时间，遇到对的人，那的确是一生的幸福。然而被幸运的苹果砸到脑袋的人毕竟是少数，退求其次，我只能奢望在错的时间，遇到对的人。因为最美丽的，始终是那声叹息。

我的一个女性朋友，爱上一个名声日隆的作家，一个有妇之夫。那注定是一场要被拦腰斩断的激情，作家妻子的泼辣凶悍，文联大院里的流言蜚语，孩子的以死相胁，父母的苦口婆心……在这团激情之火尚未熊熊燃烧之前，早已有无数双手在那里蠢蠢欲动，捏住那跳动的火焰，把玩、戏弄，然后将它掐灭。尽管被掐灭的火焰偃旗息鼓，沉寂了一段日子之后，又慢慢地疗好了伤口，死灰复燃，但终究还是逃不过另一场瓢泼的大雨。最后，两个相爱的人，只能成为两根湿淋淋的木头，再没有了一丁点燃烧的欲望。

也许，他们都或多或少地预见了那样的结局，从开始到现在，他们都不可避免地一步步向那样的结局走去，尽管他们都希望能逃脱它的到来，可是，除了它，他们无法选择，甚至无法渴望能有其他更好的可能。茫然中，他们抓不住那虚无的缥缈，只有现实，它残酷得让人清醒。

他们都疲倦了，他们都不会再有力气在这条不归路上走下去。

他们会慢慢地在滚滚红尘中，在汹涌的人潮里，在生活的压力下，逐渐失去对方的体温。

他们疲惫而落拓地挣扎了出来，然后，他们变成了一声叹息。像落叶在空中的旋转，像蜻蜓在水面的顾影自怜，像芭蕉叶上的那滴雨。那样深邃，那样无奈，那样沧海桑田的一声叹息。

威尼斯有一座叹息桥，通往一座监狱。当囚犯经过那座桥走向监狱时，都会触景生情，为自己的前途叹息。据说有个男人被判了刑，走过这座桥。“看最后一眼吧！”狱卒说，并让那男人在窗前停下。窗棂雕得很精致，是由许多八瓣菊花组合的。男人攀着窗棂俯视，见到一条窄窄长长的小船，正驶过桥下，船头上坐着一男一女，在拥吻。那女子竟是他的爱人。男人疯狂地撞向花窗，窗子是用厚厚的大理石造的，没有撞坏，只留下一摊血，和一具愤怒的尸体。

每个人的情感历程都仿佛是在经过一座叹息桥，陆游和唐婉、徐志摩和陆小曼、魂断蓝桥、廊桥遗梦……无数伤感的故事，最后，都会成为飘散在风中的一声叹息。

所以，我的爱人啊，当某一天，透过眼睛我再不能向你传达任何讯息，通过指尖也无法让你感受丝毫爱意，我们像两个固执的、冰冷的、陌生的人一样把自己禁锢在自己的世界里，我们失去了对方。或有一天，我们的某一个行将死去，我们再也牵不到对方的手，听不到对方的呼吸，那么我们现在是否更愿意把对方抱紧一点？我们还会为了曾经的谨慎、怯懦、争吵和怨怼而后悔吗？

也许会吧，但终究还是逃不过那一声叹息。因为这尘俗让人放不下的东西太多。

纵观尘世，能有几个人在临终前，会无比释怀地微笑着闭上双眸？相反，我们看到更多的是那些哀怨的眼神，望着那一张张他挚爱的人的脸孔。那目光仍在探寻、游离，那目光在寻找那个没有为他送行的人。

终究还是没有寻到，终究还是免不了的那一声叹息：

唉！这让人迷惑又无法抗拒的尘俗啊！

点石成金：

一声叹息！何其无奈！我们遇到这样的情况不在少数，我们总是在无奈的苦海中寻找光明的灯塔，大部分却被风浪吹得迷失了方向，只有少数人通过坚持到达他理想的港湾。

有时候，人生就是免不了的一声叹息！这叹息的美丽，让人无法抗拒。都说世界上最美丽的是悲剧，就是因为那里面有遗憾，有叹息，揪着人的心，让人坐立不安，辗转反侧。

第四辑

人生是一条蹦跳的鱼

当你的人生灰暗无光，失去活力的时候，你是否想过，在自己心底安装一个蹦床，然后努力让自己成为一条蹦跳的鱼。

善念只是在贪睡

曾经的自己，是个乐善好施的主儿，总是看不得别人的辛酸，就为这，被骗走的善良有一箩筐那么多了吧，因为被骗的次数多，我甚至一度成了朋友们嘲讽的对象。那么多的善意都打了水漂，时间长了，我对这个世界有些心灰意冷，一颗心渐渐落满尘灰，渐渐变得冷漠，习惯了睁一只眼闭一只眼，习惯了各扫门前雪。但骨子里的东西是很难改变的，即便被泼了那么多的冷水，心也总有一处是热的，善念还住在我的心房里，只是最近有些贪睡罢了。

这几年，我总喜欢去离家不远的一个“老中青”发廊去理发，店面很小，而且店里还养了一只小狗，使本来就小的空间更加显得逼仄。理发的是一个年近七旬的老者，身体不好，有严重的哮喘。剃头的时候，他的喉咙里发出火车头一般的声响，让你的嗓子跟着奇痒无比，仿佛也塞进了一把杂草一样。

来这里剃头的大多是一些老年人，像我这样虽已到中年但被他称为“小伙子”的，少之又少。

他的手艺很好，但由于上了年岁，干起活来慢条斯理的，就算你着急也没办法。

我曾经尝试去换一家理发店，但每次都没有换，最后还是到他这里来，不知道为什么，或许这里面也有一丝同情的成分吧。

老人毕竟是不容易的，老伴10年前就去世了，孩子们条件都不好，他就靠自己的手艺养活自己，有时候还能贴补一下孩子。

大概是因为自己干活慢，觉得理亏，又或者是为了揽些回头客吧，他的价钱总是比别的地方低。别的地方理发最低10元钱，他只要8元钱。

后来看他前后忙乎了大约一个小时，才给我理完发。我实在有些不好意思，就给了他10元钱，不让他找了，他却执意不肯，拿着2元零钱追出来，我却跑掉了。

一连好几次，我都如法炮制。我想，那2元钱的微小的善念也多少能够暖一暖老人的心吧。

没想到我再一次去那儿理发的时候，老人却把我挡在了门口，他说要么不让我进屋，要么免费给我剃一次头。他说我一共给了他4次10元的，相当于多给了8元钱，今天一定要给我免费理一次发，这样就两不相欠了。拗不过他，我只好答应。

“俺懂你的好心，可这世上，也不能总是让好人剃头挑子一头热不是。”他一边给我理发一边和我唠嗑。那天他理得更慢了，还替我认真地刮了脸，让我焕然一新，仿佛刮掉了心上的好多尘灰，整个人轻盈了许多。

不能让好人剃头挑子一头热！老人的话让我确信，不论何时，这世间的善念都在，它偶尔会贪睡，需要我们去唤醒。

唤醒一滴眼泪的哀愁

这世间，能使你昏然欲睡的，总是欢愉之事，而一次次唤醒你的，是哀伤。痛苦的事物穿过身体，穿过骨头的丛林，会留下晶莹的钙。

没有被眼泪洗濯过的事物，不配写进诗中。不配，走进和停留在你的心里。

每一滴泪水都是新的，唯有崭新的泪水，才能洗掉旧日的尘垢，把日子洗得透亮。

那年的西瓜很甜，也是一个丰收年，满地的西瓜又大又圆，恨不得轻轻一碰就炸裂开来。可是，我却称之为悲伤的西瓜，因为泥石流把村子通往外界的路封死了。满地的西瓜运不出去，全都烂在了地里。另一年的西瓜也丰收，西瓜也很甜，我依然还是称之为悲伤的西瓜，因为二叔在把最后一车西瓜装完后，累倒在地里，再没有醒过来。

雨下在母亲的白发上，多希望，那雨水里蕴藏着营养，把那些枯萎的白发变回黑色。

女儿，你每天都去电子秤上称重，每天都去测身高。体重又增加一两，身高又多出一厘米。岁月马不停蹄地驮着你奔向一个个明天，你长高一寸，我就衰老一寸。这是命里注定的哀愁，也是我唯一的哀愁。

悲剧之美，是用英雄的冤屈，美人的夭折换来的。

我不断寻找着同行者。渴盼着如影随形的挚友，以及不动声色地传递关爱的兄弟，可是，人生的枝条上，慢慢地，就只是蹲着我这一只，孤独的鸟。

木秀于林，便慢慢地不得人心，朋友们渐渐疏离。我开始疯狂地阅读，去和书里那些有趣的人，称兄道弟，彻夜倾谈。

刚刚剃度的小尼，夜里对着青灯，留了一滴泪。

有歌儿里唱：我有故事你有酒吗？

我在诗里写：我有草药你有伤吗？

年纪大了，想流泪，却发现泪腺堵了，已经好久没有泪水了。

有谁想过去摸一摸，已经枯了身子的草。有没有人觉得，我们和那些草很像，衰老得猝不及防，无人问津。

月亮再亮，也无法抚慰人间所有的悲伤；风再大，也无法把尘世的坏消息都刮走。

请允许大风彻夜不停地吹吧。黑夜想保持一点骄傲的洁癖，可是尘世太过脏乱，它只好把风请来，替它清理自己的卧室和厨房。

一棵树上的叶子，在滴水。好像刚刚大哭了一场，还来不及擦干眼泪。

这世间，再难找到轻盈的东西。

年少时，我和父亲在坡地上吵架。他训斥我，用锄头愤怒地刨土；我顶撞他，用镰刀猛砍着一棵树；母亲无法劝解我们，百般无奈，把挖出来的土豆一个个小心翼翼地装进麻袋，每装进去一个，就流一滴泪，好像所有的土豆，都是她受了委屈的孩子。

伊甸园中那棵苹果树上的苹果，受到亚当和夏娃的牵连，被贴上“情欲”的标签。这多么无辜，它们本是具有分辨善恶的神奇之果。这无辜的苹果，却无法流出无辜的眼泪，只能让自己的身体，鼓胀得更加红润和丰满。

嘉宝在“茶花女”中临死的台词，让整个世界的心停顿了几秒钟——“我的心，不习惯幸福。也许，活在你的心里更好，在你心里，世界就看不到我了。”

她不断地呼喊着阿尔芒的名字，“从她的眼睛里流出了无声的眼泪”。

当这些眼泪的哀愁被唤醒，世界就会被洗刷。因为眼泪，世界才变得干净。

许多年了，我仍旧喜欢写信，只是，收信人只有一个——岁月。

从前那么多美好，轻易就破碎了，人世苍茫，我们唯有去回忆里取暖，讨得半世欢颜。殊不知，这欢颜，是用眼泪擦拭出来的。

我用一生的时间，给岁月写一封回信：你若静好，我便逍遥。

为一朵花披上袈裟

夏天的末尾，花朵们将演出推向了高潮。莺歌燕舞，月影凝香，一朵一朵虚荣的花儿，簇拥出一座花园的繁华。它们开得义无反顾，开得赴汤蹈火，全身心都燃烧起来，毫无一点节制。秋天随后就来了，一朵领头的花儿落下来。落下来的花儿，紧接着带走了其余那些不情愿的花儿。

绽放的时候，争先恐后，凋落的时候，退避三舍。落英缤纷，一地残骸，是每一年都在重复着的剧情。顺了四季的愿吧，可是花朵说不，它们总是叹息，嫌花期太短。

欲望和虚荣就像那些喜欢攀比的花儿一样，倘若贪恋，毒瘾难除。

一日，一个高僧路过一片花田，那里生长着大片大片的鲜花，一朵一朵争着怒放，比着向外吐着芬芳。见此美景，高僧却摇摇头，不肯往前一步。

一朵修行已久的花儿见此，不禁有些疑惑，幻化出人形飘然落于高僧面前。

“你疾步来此，莫不是为了此地的景致吗？景致就在眼前，缘何又停止不前？”

“远观足矣。”

“不近些怕是闻不到最浓烈的花香呢。”

“如果没有风将花香吹散，浓烈的花香囿于一处，时间久了，便和粪臭无异。”

“你这和尚好生无礼，竟用如此秽语来形容我等。”花仙子显然发怒了。高僧却并不理会，接着问道：

“你认为自己最美丽的时候是何时？”

“当然是开得最艳丽的时候。”

“不，就像女人的掩口一笑是最美的一样，花开一半才是最美的好时节。”

说罢，高僧脱下袈裟，披到花仙子身上，“只为着你自己，开一次吧。”袈裟蒙住了她的眼睛，使她看不到其他的花儿怒放的盛景。

许久之后，她再次睁开眼睛的时候，其他的花儿都已枯萎凋零，唯有她，依旧灿烂如初。

她顿有所悟，欲望太过热烈，开得越鲜艳，衰败得越猝然。

人和那些花儿一样，免不了受着欲望和虚荣的蛊惑。

人是奇怪的。这个世界越是生满了红，铺满了绿，就越是孤独，越是忧愁。

人往往是因为爬得太高，才让自己的脚下变成了深渊。可是很少有人不往高处走，人的心如同一座神秘的高原，只要有路，可以一直走到天上。

我不吃油腻的东西，我不过饱，这使我的身体清洁；

我不做不可及的梦，这使我睡眠安恬；

我不住豪华的居所，这使我衣食无忧；

我不穿高跟鞋折磨我的脚，这使我的步子更加悠闲；

我不跟时装流行，这使我的衣着永远长新……

选自三毛的作品《送你一匹马》，三毛仿佛就是那朵因披了袈裟而开悟的花儿，不张扬，不炫耀，只为自己的心绽放自己的美丽。

听到这样的话，我想为杂草丛生的欲望剃一次光头。我想摒弃繁华，向内心聚敛芬芳。

“如何使一滴水永不干涸？”

“让它归入大海。”

“如何使一颗心永恒？”

“让它皈依自然。”

一只鸟在写诗

一只鸟落在早春的枝头，啄开百朵苞蕾。一树花开，是一只鸟写的诗。

一只鸟落在晚秋的屋顶，叼出一缕炊烟。满院饭香，是一只鸟写的诗。

没有一只鸟能够完整地离开秋天，总要掉一片两片或者更多片羽毛。

叶子是树的羽毛。羽毛是鸟的叶子。

羽毛会落，叶子也会落。羽毛和叶子一样轻盈，羽毛和叶子一样，有翠绿的希望，也有暗黄的失落。

羽毛落得速度或许会缓慢一些，不像叶子，那样急速、决绝，羽毛喜欢在空中打着旋儿，在坠落前还不忘和风调最后一次情。

这些都不重要，重要的是，羽毛是最轻盈的诗句，从它赞美的庞大诗集里，缓缓剥离，分崩离析。

我在一只鸟飞翔的轨迹里，看见了诗——鸟的翅膀，是用来支撑自由的。

作家王鼎钧写过：“如果没有诗，吻只是触碰，画只是颜料，酒只是有毒的水……不能没有诗。如果人不写诗，鸟来写；鸟不写，风来写；风不写，蜗牛来写……”

世间万物，皆可为诗，这是一颗怎样纯净的心！

世间藏着诗意。只要活着，就能找到诗。比如你发现了花，我爱上了海，她迷上了雪。

如果你的心藏着诗意，那么云便是长了翅膀的，月便是披了轻纱的，风便是欢笑的或者哭泣的。那云，那月，那风，也都在写诗。

双双在给我的信中说：七匹马的车子停在你的门前，上面装满你要的诗歌。

这是爱人的诗，热烈而又豪迈。

青春是一场大雨，即使感冒了，也盼望着回头再淋一次。如果再给我一次机会，我会依然选择奋不顾身地走进雨里。尽管那场雨，下得惊心动魄。再大的雨，也浇不灭心头为你燃起的火苗。

我不要三月的风口浪尖，我不要四月的众说纷纭，我只要暴雨未曾停歇的夜晚，把你揽入怀中，捂上你的耳朵，告诉你，我摁灭了几盏闪电，挪开了几朵惊雷！

人到中年，再回头才发现，原来只因为有你，那些风雨才来得恰恰好。

当我说，我要给你写诗。那从心口蹿出来的诗句便不再是诗句了，而是一头小鹿，沿着蜿蜒的小径，头也不回地，朝着你的方向踢踏而去。

大米花小的时候，我们在雪地上玩耍，她和我说：“爸爸，小心点儿，别踩疼了雪。”

小米粒让妈妈摇下车窗，拧开了矿泉水的瓶子，说要灌一瓶风，然后拧上盖贴在耳朵上，她说她要听听风的声音。

这是孩子们的诗。

一个妻子，两个女儿，够我写光这世上的纸。她们是我诗歌中的意象，是雪，是花，是呼啸的风，是云层里缓慢行走的月。

世间藏着诗意。胀满双眼的绿，绿得那般凶狠，绿得那样荒凉，绿得那样不容靠近又不可收拾，绿得那样决绝和孤僻。它们袭击了我的芍药、草莓、蔷薇和玫瑰，更用了层叠的势力，千方百计千头万绪千丝万缕地埋没了原有的主人，而没有丝毫的不忍和迟疑。

伸长了脖子在飞的野鸭子，翅膀带不动那体重似的，仿佛一下不使劲儿就会掉下来。它们都在天空上飞啊，都在飞越云层，都用翅膀在扇动风。

鸟的叫声，有轻灵婉转的，有自由泼辣的，自然，也有憨态可掬的。

夜里，去抬头仰望吧！月亮在夜空写诗，星星是一个个汉字。

讨厌的蚊子也可以写诗——它在我身上，摸索黑夜的开关；

草原上的草对马蹄的爱也是诗——期待马蹄再熨一遍它们的夏衣；

旋转木马的启示也是诗——彼此追逐却有永恒的距离；

哪怕一把旧锁，它的忠告也是诗——如果我休息，我就生锈。

总听到有人说，世界很大，要去看看，寻找远方和诗。其实，很多旅行并未给你带来真正的愉悦和感动，更别说对灵魂的触动。

除了几张照片和晒黑的皮肤之外，你所得无多。

现在的人们，把旅行当成时尚，在我看来，不过是另一种意义上的附庸风雅罢了。从来不去旅行的伊壁鸠鲁，在自己的花园里寻求的东西，我们的旅游者却要到国外去找！

那些所谓寻找诗和远方的人也一样，你的灵魂若是龟缩不前，即便身体走得再远，也写不出一首好诗来。

写出一首诗是心灵沉淀和发酵的过程，不管最终是否完成，只要我们走在这条路上，这本身就很美。比如此刻，我看到一堆白云一样的羊，一堆烧得东倒西歪的火，一口摇曳得乱七八糟的香气的锅。

你能说，那两个举杯对饮的人，不是诗人吗？你能说，他们的心，没在远方吗？

你能说，他们的心上没停落一只鸟吗？

你不该是一朵奔向黑暗的花儿

高二时我们班转来一个很漂亮的女孩子，但却是个失聪的人。当时我们没有给予她一点点关爱，她听不到声音，我们反而肆无忌惮地嘲笑她。她也许从我们的眼神中看懂了一切，几天后我们再也没有看到她。后来听说她辍学了，因为她转学七次，七次受到打击，她渴望的是友爱和帮助，可是我们却深深地伤害了她。我们班，是她最后一个停靠的地方，可是在那里，她依然没有寻找到她要的温暖。

记得有一次，我坐在学校后花园的石凳上吹笛子，她路过，竟然在离我不远的另一张石凳上坐下来，托着腮，静静地“听”。落叶轻轻地顺着笛声飘落下来，有一枚落到了她的发梢，她没有觉察，仿佛整颗心都沉浸在我的笛声里。看到我停下来，她真诚地向我点了一下头，示意我接着吹下去。我感到很可笑，她怎么能听得见呢？我并没有在意，我行我素地接着把我的曲子吹完。

我指着我的笛子，做了一个“你听得懂？”的手势，她用笑脸回应我，并把手指向自己的心。那一刻，我第一次感觉到，没有声音的世界，其实也很美。正因为没有声音，才能想象出各种声音，时而软语缠绵，时而激荡雄浑，她一个人可以去享受她自己内心的天籁。

让我意想不到的是，在她辍学后不久，我收到了一封她的来信，她说她再也不能回到这里了，她青春的梦就此断得一干二净。她说她恨这个地方，也爱这个地方，她说她不能忘记我吹笛子的样子，她说感谢我，为她吹完了一首曲子，而不是半道离开。她说她听到了笛声，是用心来听的，笛声很美！

她的信没有落款，没有地址，就像秋日里的一声叹息一样，随着叶子，落进泥土里，终不可寻。后来，我多次试图找到她，都无果而终。她走得毅然决绝，不给我们一点弥补的机会，让我们的灵魂漏下一个不大不小的洞。

我们那一个个嘲弄的眼神，着实是伤人的，就像一把刀，剜着她的自尊。而她用她的离开为自己保留了她的尊严，无声的尊严。

很多年过去了，去年的同学聚会，终于有人说见到她了，说她辍学之后嫁给了一个跛脚的男人，日子过得清苦极了，在大街上如果见到了同学都会躲着走，她怕再次受到嘲弄，她的生命已经是千疮百孔了。

我们沉默不语，深深的内疚撕咬着我们的心。

小学时的某一年，学校有史以来第一次给学生们配发校服。家长们当然会抱怨几句，但牢骚也都只是挂在嘴边，校服费最终也都塞给孩子们。当然，一切好像理所当然，和那条奇怪的“没有穿校服就不能参加儿童节庆祝活动”的学校规定无关。

儿童节那天，我穿了新校服步行去学校。快到校门口的时候，看见某个老师一把一把地推搡一个女生，那女生被驱逐到离校门几步远的地界，老师不再理会她，转身走回。

我不知所措地站在那里，隔着不远的距离，看着那女生。我知道她，她的母亲给她生了一个弟弟，也正因为这个原因，她的父母双双被开除公职。在一大群孩子中，这姐弟俩太容易被认出，他们的衣着、他们的表情、他们莫名其妙被同学们排斥。姐姐常常牵着弟弟的手，急匆匆地走着。我曾经见过他们俩赶到闹市中母亲摆的茶水摊帮忙。

那女生被驱逐的原因很明显，她没有买新校服。她穿着旧衣，微低着头，表情沮丧、惧怕、甚至有了愁苦的味道。而透过不远的校门，大群穿着新校服的孩子嬉笑着，等待庆祝活动的开始。她的忧伤就那样轻快地，不易察觉地，像香烟一样不动声色地散开了，渐渐看不见，但我仍然闻得到它的味道。

她看见我没有？大概没有。或者，她无暇顾及我。那时，我也不过是个沉默的小孩儿，偶尔会被大人们突然爆发的粗暴和不耐烦惊得瞠目结舌。很多年后，我才真正明白，这个女生所忍受的巨大委屈，即使当时从天而降一套新校服，也弥补不了她所承受的一分一毫。

我不敢想象，那个女生，从此以后，还是否能够平静地生活？或者就此，滑向无边无际的暗夜。就像我那个失聪的同学一样。

而她们，本不该是一朵朵奔向黑暗的花儿。

宝贝，诀别是为了让你更好地成长

那是个多年以前的故事了，可它至今仍深深震撼着我：一名叫辛嘉·艾文林的挪威妇女为了拯救身患肝癌的女儿玛花，为她捐献自己的肝脏，竟从容开枪自杀。那瞬间划亮欧罗巴夜空的一声沉闷的枪响，足以震撼世界上许多善良的心灵和麻木的神经。

这几乎是一个众人皆知的故事了，重新提起旨在唤醒人们对伟大母亲的爱。故事的情节不在这里做过多的叙述了，我只是怀着崇敬的心，猜想她临终前想对女儿说的话。她有太多的话要和女儿说，反而无从落笔，最后竟只留下一句话："宝贝，诀别是为了你更好地成长……"我知道，一支笔根本无法承担那份母爱的重量，但我依然要顺着爱的轨迹，梳理出人世间最美的一封信——

宝贝，妈妈要和你变成一个人了。只能这样，否则我们谁也无法在这个世间存活下去。如果你不在了，妈妈的生命将毫无意义。所以，妈妈要把健康的肝脏留给你，让你好好地活着，而妈妈的爱，永在。

宝贝，妈妈爱你。但妈妈只有这样才能救你，这是唯一的办法。妈妈既然让你诞生，就会让你健康地成长，可以给你眼泪，可以给你鲜血，也可以用我的生命再次将你诞生。所以，你不要为妈妈难过。不管怎样，妈妈还有一样活着的东西在你身体里，而且会一直跟随着你生老病死。

宝贝，妈妈在你身体里，你不知道那样多好：可以在早晨叫醒你，免得你这个小懒虫总是喜欢赖在床上不起；可以提醒你吃早点，我早就知道，你有不愿意吃早点的坏习惯，总是偷偷地倒掉你的牛奶，偷偷地把面包塞进“芭比”狗的嘴里，“芭比”狗被你喂得臃肿不堪，难看死了，你该想办法让它减减肥了。

宝贝，你在课堂上学习，妈妈就在你的身体里为你加油；你在操场上奔跑、玩耍，妈妈就在你的身体里跟着你跑，跟着你疯。那样多好！你要坚信：你比别的孩子都幸福，别人的妈妈只有放学的时候才能来接他们，而你的妈妈是随身携带着的。

宝贝，妈妈会在每个夜里提醒你早点休息，妈妈会看着你睡觉，用我不息的搏动做你的催眠曲，做你的钟声。等你睡着了，妈妈就到你的梦里去。一切都没有改变，只是我们拥抱的方式不同以往，妈妈再吻不到你的头了，你不知道，你头发的味道有多好闻，清清的馨香像我们后花园里的那些草叶和花瓣。

宝贝，从今以后，妈妈就住进你的身体里了，那里就是妈妈的后花园。妈妈会帮你打扫里面的灰尘，帮你赶走害你疼痛的病菌，再也不让你生病，那该死的肝癌折磨了你那么久，妈妈也跟着你痛不欲生啊。

宝贝，妈妈并没有远离你，妈妈把所有的爱都融进那颗肝脏里，会因为你的存在而存在。会陪着你，一直到生命的离去。所以你要好好地活着，为了妈妈。只有你幸福地活在人间，妈妈才会在天堂做个快乐的天使。

宝贝，妈妈短暂的离开，是为了以最好的方式靠近你。一会儿我们就会融合到一起了。阳光真耀眼啊！枪响了，但没有疼痛。世界一下子就黑了。

宝贝，等着我，妈妈来了，一会儿就是光明……

半个苹果的悔

很小的时候，苹果树在我们这里极其罕见，方圆十几里，好像就我奶奶家有一棵。或许是水土不适，在我的记忆里，苹果树上每年只挂着几个零零落落的果实，个儿不大，却很香甜，在那个贫穷的年代，这几个苹果成了高档品，因为我是爷爷奶奶的长孙，是全家十几口人的宝贝疙瘩，附近的小朋友总是羡慕我一年能吃上几个苹果。

10岁那年，苹果树许是老了，整棵树上只结了一个苹果，因为这是唯一的一个苹果，所以我老是抬头看它——打我发现它的那一天起。我看着它慢慢长大，从青涩到微红，然后这红色一点点加深。这期间我总是担心它会被风吹下来，或者被虫子蛀了，或者被小鸟吃了，有个调皮的邻居小伙伴，比我大一岁，也许是嫉妒，也许是馋嘴，总不时拿石头去投那个苹果，于是我总跟他急，阻止他的暴行，并为此和他吵架。非常庆幸的是，那小可爱一直好好地挂在那里，好像它本就该只属于我。直到红透了，我让大人摘下来，握在手里，闻着、亲着，久久舍不得吃，那香味是如此的清新甜蜜。也许因为这是唯一的，也许因为期待的时间太久了，所以才让我如此喜悦，如此爱不释手，所以那香味一直漫溢。

“能给我半个苹果吗？”那顽皮的小子不知啥时候冲到我前面，对我说，“一小半就行啊，我想让爷爷尝尝苹果的味道。爷爷生病了，躺在床上，他一辈子没吃过这么好吃的苹果呢！”

这可是我等了一年的苹果啊，我多少光阴都耗在守护它上面了，现在竟有人要和我分享这个苹果，我怎么舍得呢？可是他的哀求又让我无法拒绝，毕竟那是一颗孝心呢。

好吧。我无比悲壮地做出了决定，把我的宝贝使劲地掰开，空气中瞬间弥漫着它的甜味。

我迟疑了一下，但还是把大的那一半给了他，他一边道谢一边接过来，刚转身走了没几步我就看见他迫不及待地偷偷咬了一口。

“你……”我顿时感到一种被欺骗的屈辱。

我看见他的脸红了，一边跑一边喊：“剩下的给爷爷吃，我就吃了一小口。”

他果然是骗了我，因为我看见他的爷爷正赶着牛车从我家的门前经过，健硕的手臂使劲挥舞着鞭子，嘴里“驾驾”地吆喝着，声若洪钟。

从此，他见了我就浑身不自在。他是一个自尊心极强的人，我们在一个小学上学，他比我高一届，学习成绩一直都是名列前茅的。自然，见面的时候很多，他就像老鼠躲猫一样地躲着我，我猜他大概是担心我把他骗苹果吃的事情抖搂出去吧。他不知道，其实我早就已经不介怀这件事了。

后来，不知道什么原因，他辍学了，我们没再见过面。直到30年后，我衣锦还乡，无意间见到了同样已是人到中年的他。他胡子拉碴，全身上下也都脏兮兮的，40多岁的人了，还没娶上媳妇，没有工作，在家养了几头猪，勉强维持生计。

问起当年为何辍学？他挠着头，有些不好意思地说，一来是因为家里条件困难，二来是因为他总怕我在同学中间把他骗苹果吃这件事传播开来，他会受不了的。

他说那时候每天脑子里就只有那半个苹果，他恼恨自己的嘴馋，更恨自己编的那个谎言，以至于学习成绩下降了许多，也就水到渠成地干脆退了学。

我很讶异，按理说他的学习成绩那么好，如果能够继续上学，一定会比我更有前途，可是就因为这个小得不能再小的事件，改变了他的一生。

那半个苹果就像他的人生，也跟着丢失了一半，美好的那一半。

那半个苹果的谎言，就像一条蛀虫，毁掉了他一生的苹果树！

一笼纱

小仲马写完小说《茶花女》，又把它改编成剧本。剧作同样很成功。尤其是结尾——

“亚芒，说一声你爱我！”玛格丽特在软垫长椅上迷迷糊糊地说。

“是的，我爱你，玛格丽特，我整个生命都归你掌握！”亚芒说。

玛格丽特握住亚芒的手，顷刻停止了呼吸。帷幕徐徐落下，很多观众忍不住泪如雨下。

这时，“茶花女”的原型玛丽的父亲普莱西走近小仲马身边，拉住他的胳膊，说：“玛丽死的时候，你并不在场呀！她吐血不止，境况惨极了。全是我在身边伺候的。”

凄美的《茶花女》，丑陋的《茶花女》内幕。据载，小仲马成了玛丽的情人后，曾暗中尾随玛丽至一家屠宰场，看到玛丽在牛被宰杀时接牛血喝。他猜想玛丽是为了治肺病，由此对情妇心生嫌恶。同时，他发现玛丽每周四要接一位神秘嫖客，此人正是大仲马，父子遂成情敌。玛丽肺病日重，回到家乡寻求宁静。小仲马闻讯赶去，二人恢复了“爱情”。1845年3月，玛丽独自重游她外祖母住过的古堡，苦闷中委身给一个哑巴牧童。小仲马则一直滞留旅店。他厌烦日夜咳嗽的“茶花女”，趁机跟女仆发生了性关系。

你们不想再看下去了吧，“茶花女”如此凄美的爱情故事背后，竟是这般千疮百孔的不堪！

《二泉映月》感动了无数人，这首乐曲显示了中国二胡艺术的独特魅力，它拓宽了二胡艺术的表现力，曾获“20世纪华人音乐经典作品奖”，成为中国民间器乐创作曲目中的瑰宝之一。而《二泉映月》的原创者瞎子阿炳，则成为二胡爱好者的不二偶像。但是，有谁知道，被誉为民间艺术家的阿炳，一生竟会如此荒唐，“黄赌毒”一样不落，败光了香火旺盛的雷尊殿；因为生活不检点，身染花柳病，结果病瞎双眼；道观被败，无处栖身，流落街头，乞讨为生；晚年身无分文，悬梁自尽而逝……

读下去简直触目惊心，《二泉映月》那干净凄美的动人旋律似乎隔着山，隔着海，怎么也无法与有着如此脏乱经历的人搭上边。

不管是茶花女还是阿炳，我多希望，从来就不曾掀开这幕后的薄纱，让它氤氲在一种神秘里，供人们去无限遐想。

“‘使自己更鲜洁、更简素些吧。’这是我摆脱都市的空气，前往那座山乡时的心情”，读到岛崎藤村《千曲川风情》，为这样的句子深深感动。1899年，岛崎藤村携新婚妻子来到一个叫小诸的地方落户，“我作为一名乡村教师，一方面，在小诸义塾教授镇上的商人、旧士族，还有农民的子弟读书；另一方面，我又向学校的工友和学生的家长们学习”。小诸的生活朴素，冬季漫长，“你可以想象，在这山上是如何盼来春天的，它又是如何短促”。但孩子们是可爱的，“学生们在树下玩耍、嬉戏。尤其是那些刚从小学校来的青年学生，一会儿躲在那棵树下，一会儿攀着这棵树的枝条，简直像小鸟一般”。读完《千曲川风情》全书，我们会深信，岛崎藤村在小诸的七年间，鲜洁简素，充实美好。但是，如果读完此书还觉得不满足，想了解一下岛崎藤村的八卦，那么你会很难过的。就在小诸期间，岛崎藤村让他的亲侄女驹子怀了孕。事情败露后，驹子远赴中国台湾打工，他则流亡法国。

你看，又一笼神秘的纱被掀开了，又是彻头彻尾的令人失望。

一只飞鸟提醒我们，它在天空擦掉的那些痕迹，都被它藏在心中。只要我们愿意，它随时可以抖开口袋，还原给我们一些事情的真相，可我们已不再需要。这世界，有时候是需要一笼纱的，不是所有的真相都必须公之于众。

你能因为小仲马的那些不堪就否定《茶花女》的文学价值吗?《二泉映月》亦然，它带给我们的美的享受，已经远远超过那些事件本身。那么岛崎藤村也同样如此，看在他写出那么优美的文字的面子上，就饶他这一回吧。

这大概也就是浪漫主义和现实主义同时存在的原因吧。现实主义往往让你认清现实，唏嘘感慨，浪漫主义则时不时地拿着手帕，给予你最妥帖的安慰。

我期待见到一种神秘的花，我不去百度搜索它的资料和名字，那都不是我关心的。我关心的是一朵花，披着一笼神秘的纱，将会是一种怎样夺人心魄的美!

人生是一条蹦跳的鱼

在一家餐厅吃饭，我说菊花茶有苦味，服务生说不可能的，他泡了一天的茶，也没有客人反映有苦味，应该是没有加糖的缘故。他没有征求我的意见，直接就把糖放到杯子里。他不知道，我是喜欢那种苦味的。他的糖，媚俗了我的灵魂。

还有一次，和朋友去小酒馆喝酒。我们俩各自去倒一杯白酒，朋友为了对得起酒钱，倒了满满一杯，而我却没有倒满。他小心翼翼地端着酒杯回到座位上，结果他的那杯洒了很多，而我那杯一滴没洒。放到桌子上后，他发现我那杯酒反而比他那杯酒还多出了一截。“嘿，还是你聪明啊。”朋友对我说，“光想着占有，没承想反而失去得更多。”

“不仅如此呢，”我说，“还有这短短的一小段路呢，你看你走得如履薄冰，而我却是轻松自在的。”

我喜欢把岁月描绘成苹果，我容易把苹果想象成少女的脸庞，我鄙夷我的三尺垂涎，却不排斥我的热爱。

《海角七号》里有一句台词：我不是抛弃你，我是舍不得你。不明就里的人，看这句话怎么看怎么像是一个薄情郎为自己的薄情找的堂而皇之的借口（当然，如果你看过这个电影之后，里面的情节是会让你认同和喜欢这句话的）。有些人的人生就是这样，抛弃就是抛弃，何必再找那样一个煽情的伪装的尾巴呢。哪怕绝情，也毅然决绝一些为好，那不光是为你，也为那个失宠的女子，让她早一点回头望月。

躲在树洞中苟且是一生，站在悬崖边眺望、挣扎也是一生。

木心眼中伟大的盛景是：一个渺小的人，在肮脏的世界上，干净地活了几十年。

雪小禅说："人生不过是一条蹦跳的鱼，想抓住它，又嫌它腥。"

我却不介意这条鱼是否被我抓在手里，我只想顺着它的脊背，看见岁月的粼光。

人生是一条蹦跳的鱼，无比鲜活。这就够了，有了这条鱼，就不怕你的周遭，变成一潭死水。

人生是一条蹦跳的鱼。水有水的欢欣，鱼有鱼的快乐，各取所需，其乐融融。

雕刻家手里拿的不是刀，是岁月。

任你是再顽劣的石头，也抵不过它的摆布。

精美的瓷器摆得太久，看得让人生厌，那么，它就是灰尘。

鸡毛掸子，掸掉岁月里的尘灰，也失手打碎了那瓷器。瓷器碎了，日子不是依旧还是要过吗?

哀伤的时候，沉默是一种通用语，用来倾听彼此内心的涛声。

夜，张开无比宽大的仿若镇元大仙的宽袍大袖，把一切都装了进去，把一切痕迹都抹得干干净净，只有星星成了漏网之鱼，微微抖动着，仿佛刚刚受了不小的惊吓。

夜，用安详，引诱我放下对整个世界的戒备。

夜，也是人生的一部分。当你的人生灰暗无光，失去活力的时候，你是否想过，在自己心底安装一个蹦床，然后努力让自己成为一条蹦跳的鱼。

或许你跳得不高，但总高得过你的悲伤！

为爱奔跑的毛线

那时，每个秋天的街头巷尾，都会看到一个或几个女人搂着一团毛线，飞针走线。除了惊异她们技术的娴熟，更有一种莫名的感动。有时候，倘若有某个男人试穿他的女人给编织的毛衣这样的镜头撞进我的视线，我便会很贪婪地看着，非常渴望自己就是那个被多情的好女人在身上不停比画着的男人。

所以，每次有人给我介绍对象时，我首先问的就是那个女孩会不会织毛衣。

终于，上天厚待我，让我找到了会织毛衣的她。那一年的情人节，她送了我一件毛衣，一件她亲手织就的毛衣，她用玫瑰一般的红色在毛衣的袖口和领口上绣了一圈字母，好看而且绝对精致，那些全是她和我的名字的拼音缩写。

看着那些漂亮的花纹，伸手一摸，是无比的温柔和她细密的心意。我心生感动，不只为她的心灵手巧，更是为她那美丽的心思。

那晚，我坚持将毛衣放在枕边，以便睡醒时，便可以在第一眼看到它，在一伸手的距离内触摸到它。那一天刚好是冷空气，临睡前，我一遍又一遍地抚摩那毛茸茸的表面，感受那温柔的触感，心底源源不断地升起一股暖意，冷空气仿佛都已远离。

第二天，我欣喜而又小心地穿上了这件她亲手织的毛衣。柔软的毛线温暖地包裹着我的身躯，一种无法言喻的奇妙感觉。穿着它去上班，一路上，感觉阳光也变得格外温暖，城市也变得格外可爱……坐在办公室里，清闲下来的时候，我总会一遍又一遍地抚摩袖口那些温暖的拼音字母，想象着两个人在一起的幸福未来，心被温柔地缠绕着。

秋天里的几个女人坐在一起，一边说着自己的男人一边织着毛衣，把正午的阳光织成一片火海。那是多年前的小镇给我的很温暖的一个景象。

那时的女人，她们所有的心思都在家人身上，而她们最为朴素的表达方式就是在冬天来临之前，为心爱的人织一件毛衣。

她们手中的毛线大都是极其鲜艳的，是阳光的色彩，丰收的色彩。一团团鲜艳的毛线被装上针脚，不停地在女人的手中奔跑，像一只只痴情的火狐，精疲力竭地追逐着生命中的至爱。

我的一辈子穿过三个女人织的毛衣，那三个女人便是母亲、姐姐和妻子。所有的毛线只有一个牌子，温暖。但在三个女人手里织出的却是不同的感受：母亲的毛线里缠绕着呵护与慈祥，姐姐的毛线里缠绕着叮咛与牵挂，妻子的毛线里缠绕着宽容与柔情。

我想，每一个能够用心编织毛衣的女人，都会有一个非常温暖的家，有一个她全心爱恋的男人，她必定是一个充满深情的母亲，是一个贤淑的妻子，是一个纯粹的女人，是一个能够珍爱生活，珍爱她生活中与自己紧紧相连的生命的好女人，我祝福她们，也祝福生活在她们用爱编织的温馨的世界里的老人、孩子、男人和女人。

祝福所有的人，都有幸来领略，那奔跑的毛线所给你的最温柔的缠绕。

月亮是妈妈的枕头

拗不过一个老师朋友的再三请求，我这个“知名作家”只好临时客串，给她的学生们上了一堂作文课。为了激发孩子们的想象力，我做了三张卡片，上面分别写着：落叶、微风和弯月，我想让孩子们用尽可能多的词汇来描绘它们。卡片在孩子们手中快乐地传递着，仿佛在传递一个快乐的消息。他们浮想联翩，各种各样的比喻层出不穷，卡片上密密麻麻地写满了孩子们天真的想象。

我拿着那充满童稚的卡片，一张张读下去，“落叶是秋天的信笺”“落叶是冬天的请柬”“微风是我在夏日午睡时，外婆手中轻轻摇动的扇子”“弯月是被嘴馋的天狗咬了一大口的月饼”，每每读到这些精彩的句子时，我都会让写下这个句子的那个孩子站起来，顺便夸赞他们几句，满足一下孩子们小小的虚荣心。孩子们活跃极了，对那些写出了精彩句子的同学给予长时间的掌声。这堂作文课既生动又活泼，比我预想中的效果要好。在旁边听课的朋友也偷偷为我竖起大拇指，对这堂作文课很满意。读到最后，我的眼睛一亮，被一个更为新颖的比喻吸引了：“弯月是妈妈的枕头”。虽然新颖，但我认为这个比喻句不大贴切，为什么单单是妈妈呢？我这样问的时候，那个叫陈露的小女孩站起来，涨红了脸说：

“妈妈累的时候可以枕着它好好睡上一觉。”我说：“不如改作‘弯月是上帝的枕头’，因为上帝在天上，离那个枕头更近些，呵呵。”我和她开着玩笑。她没表示赞同也没表示反对，依旧涨红着脸，好像是要为自己辩解，却欲言又止。我便借题发挥，让同学们来评断这两个句子，哪一个比喻得更贴切一些。同学们立时乱作一团，叽叽喳喳地开始评判，或许是孩子们慑于老师的权威，最后一致认定“上帝的枕头”更为贴切。

“那枕头是妈妈的。”这是我听到陈露声若蚊蝇的唯一的一句辩驳，在孩子们的喧嚣里，显得有些纤弱无力。

下课后，朋友对我说：“陈露的那个比喻句是有根据的，因为她的妈妈就在天上。从她一出生下来，她的妈妈就去世了。”我无比惊讶，“那你为什么不早点提醒我？”我埋怨着朋友。

“可是陈露不想让同学们知道她是一个没有妈妈的孩子。”朋友说，“上学第一天她就偷偷和我拉钩，让我为她保守秘密。现在，还整天和同学们炫耀自己的妈妈是世界上最漂亮的妈妈呢。”

我懊悔不已。我犯了一个多么大的错误啊！“弯弯的月亮是妈妈的枕头”，回头重新想想，这个比喻句是多么贴切！妈妈在天堂里，不是正好可以枕着那轮弯月吗？那枕头是妈妈的。我的耳边一直回荡着她为自己辩驳的话。这里面裹着一颗多么执着地爱着妈妈的心啊。我仿佛看见，她正捧着妈妈的照片，委屈地掉着眼泪。她想给妈妈一个温暖的枕头，却被我无情地夺走了。我给孩子那颗固执又柔软的心，泼了冷水，造成了怎样的伤害。

“明天让我再给孩子们上一节作文课吧。”这一次，变成了我对朋友的请求，“我要给孩子们好好讲讲月亮，这个枕头本就该是妈妈的，上帝，请先靠边站。”

月亮掉进水缸

爱人逃跑了，爱人惧怕我的火焰，厌倦了倾听贫穷的风声。

可我还能燃烧多久呢？像年轻时代的蜡烛，挺直腰身，矜持而骄傲。还能明亮多久呢？像空中悬着的月亮，易碎而又永恒。

易碎而又永恒，这正是我要表达的爱情。从古至今，爱情中的伤者比比皆是，也正是这些伤者，提着一盏盏悲剧的灯笼，从古代的桥上一直走到今天，让一个个空虚漫长的夜有了装饰和点缀。例如一闪即逝的英雄，总是担着一生流泪的花朵：貂蝉的唇，被自己的血涂红；虞姬的血，让一把利刃更加寒冷……还有那些傻傻的书生，那些驮着月光，在爱情的门前咯血的狐，他们还在寻找吗？为了爱，扔掉眼前的一切繁华。还在燃烧吗？为了爱，将自己的一生付之一炬。

“照地几许人肠断，玉兔银蟾远不知。”月亮本是无情之物，人是多情的，往往视月亮为可以信赖的知音，永久闪着诱人光亮的爱情的瓷。人们对着她许愿，说心底隐藏最深的秘密，劳烦她当邮差，捎去一份思念。

今夜，她便是我永不会逃跑的爱人。

她是个善解人意的女子，随你的心情忽缺忽圆。在那些忧伤的时间里，我总是用一口大大的水缸将她囚禁，看她裸着白白的身子，在我的眼前沐浴。

月亮掉进水缸，让我一下子分不清了这孪生的姐和妹。天上的你和水缸中的你，我该爱哪一个？天上的你无法追寻，水中的你，不敢触及。我是一个惶惶恐恐的孩子，站在两个你之间，丢掉了魂魄。

我不停地旋转着酒杯，静静地欣赏跌进杯子里的灵魂，它时浮时沉，忽暗忽明，在小小的酒杯里随波逐流。我不停不停地问自己，是不是将酒杯打碎，灵魂就会四处流浪，一病不起？

我不停不停地旋转着酒杯，静静地欣赏着自己灵魂的舞蹈。月亮忽然掉了进来，我的灵魂一下子安静了，在祥和的月亮的抚慰下，我的灵魂静得像一颗衰竭的心脏，只剩下平静的喘息，只剩下回忆。

往事的红唇啜着我的酒杯。月亮，那蓝色的温柔是多么危险的诱饵啊，我陷进去，任怀念的羽毛纷纷落下，盖住一些人的名字。

忘了世界是怎样慢慢熄灭的，也忘了是哪一双手将月亮偷偷点亮的。在这个阳台上，我感到所有的花朵都睡去，只有空中那一朵醒着。在我的凝望中，在我的谛听里。那是我在这个城市里唯一的亲人，唯一的一盏灯。请不要灭，让我顺着那微弱的光亮，找到幸福的屋檐。

那是被遗忘了很久的爱。她闪烁的眼睛指引着人的生老病死；她温柔的翅膀轻抚着灵魂的疼痛。在她的城堡，我愿意是那个输得精光的赌徒；在她的淡水河边，我愿意是那个被淹死的酒鬼。如果我在流浪，她就是我夜夜取暖的篝火，如果我在写诗，她就是我最疼最疼的那枚字眼。她在湖边，也在沙漠里，在灿烂的阳光下，也在狂风暴雨里，在迪士尼乐园也在贫民窟，在和平的世界也在战乱的中东，她充盈在空气中，供人们自由呼吸，她是“人类最完美的宗教”，给我们解开一个个不死之谜。

我在月光织成的湖里举杯畅饮。邻居家的老人走过来劝我说，“小两口吵架不算个事，破镜都可以重圆，何况是缺了边儿的月亮……”

本来是借酒消愁的，不想与这美好的月亮邂逅。她把我的寒舍镀成了天堂，守着她，能把一个个寒苦的日子都挨过去。

我游在月光之湖中，不想靠岸。我想拥有真正的爱情，不是门当户对的那种般配，也不是媒妁之言的乱点鸳鸯，更不是金钱买卖的交易，而是任秋水纵情泛滥，抱着一根桥柱苦苦守候的爱情，是两条将死的鱼，在一个浅浅的车辙里相濡以沫的爱情。

我想拥有真正的爱情，想在尘世的沙滩上领略幸福的台风。

月亮在高高的地方承受着世人的仰慕，人们有时拿她当信纸，倾诉一生的际遇，有时拿来当手帕，擦拭灵魂深处的眼泪。

爱人不是飞蛾，爱人不会再回来。但我依然要燃烧，用清贫的火把蜡烛的一生吻遍，用褴褛的衣衫将遍地的月光收藏。

月亮，这爱情的瓷，正闪着蓝色的温柔，诱惑我。

她夜夜悬在空中，被内心充满爱的人奉若神明，被漠然麻木的人束之高阁。

第五辑

寻找爱的答案

爱，看似不合理，其实一切都是有迹可循，当爱流进彼此的血脉，这世间所有的谜题便都有了答案。

最孤独的话

白鹤林写过一首诗叫《孤独》：

从童年起

我便独自一人

照顾着

历代的星辰

这是一首很美的诗，美得让人心碎，我一遍遍地抄写，希望可以借此减轻自己的孤独，然而事与愿违，我抄写得次数越多，我的心，越是碎得不成样子。蛐蛐咬住了月光的一角，从月光的伤口里，淌出几粒散碎的银子。提醒我，去年的白衬衫，还在洗衣机里昏睡。

你向我描述着此刻的小镇，几辆车，什么颜色，以什么样的速度在你窗前驶过，甚至，电线杆上落了几只鸟，你也如数报给了我。

你想给我一种安全感，可同时，也泄露了你的孤独。

你说：云在天上的时候，还可以望一望。一旦落在人间，化成了雨，就再也不属于望云的人了。

把自己送到最偏远的地方，自己爱着自己。

当我从海底游过，叫不出名字的鱼，从身边游过；当我从草原上跑过，我看到，叫不出名字的花，在身边开放。

抬头，看见了脚下的路；低头，看见了行走的云。

我望着那片草原。狼吃了羊。羊吃了草原。草原吃了月亮。月亮吃了我。

可是我依然会为这一切献上我的祝福——愿天空大雁成群，没有一只掉队的；愿草原百花齐放，一朵凋零，另一朵就顶替上去。

我们总是喜欢去一些景区拍照，照片里，除了自己，总是还有很多陌生人。

我们总是这样啊，常常会和一些互不相干的人，走在相同的景物里。

天空该减减肥了，随处裸露着白花花的小肚腩。即便如此，假如神给我装了一双翅膀，我也不会飞到天上去，我怕把天空弄脏了。

你的深夜里，有比深井更深的眼睛；你的眼睛里，有比细雪还细的寒冷。

你在我心里，不算意外。就像雪下在雨中，也同样不算。

如果不能像猫一样，偎在你的膝上，就让我做一滴水，在你的掌心，慢慢蒸发。

和自己道声晚安，却一夜无眠。

无法入睡的事物，你触碰不到它们内心的安宁。

有着芦苇一样纤细的腿的鹤，多么惹人嫉妒，凭什么它们单单靠一条腿就能安然入睡？

无辜的灯，又替我坚强地亮了一夜。直到听见隔壁婴儿的啼哭，我才睡下。确定了生命的蓬勃，我才肯安下心来。

你不可以在我的梦境里散去，哪怕你是重重雾霾，我也会义无反顾，一头扎进去。梦，是另一扇极其重要的门，通过它，会缩短与现实的距离。所以，早晨，我不愿意刮胡子，因为不舍得刮掉昨夜有你的梦。

时光，请你快一点儿攒够赎金，不然，我担心被这个叫孤独的绑匪撕票。

我见过一幅漫画，看到一个男人粉刷墙壁的时候，把自己逝去的女人逼真地画在墙上，假装自己不是一个人。爱人翻过身去，睡在她自己的秘密里。她望向别处，他望向她。

他对着墙壁喃喃低语——抱抱我，假装你很爱我。

狄金森说：我想你了，可是我不能和你说，就像那喜马拉雅山顶，永远不会有万家灯火。

我想，是我的夜晚到了，请不要打扰我的思念上路。

我想，我终生都敞开着一只大口袋，那是对于爱、温暖和忠诚的渴念。

我坐着，坐在我的85公斤里。坐在你离开后吃过的榴梿的味道里。

那个院子里的人越来越多，狗都累得不叫了。我等了一天，也没有一个人过来，向我借把椅子。

还好，还好。我是一个有影子的人啊！

我想去的地方，是离你很近，又不能让你看见我的角落。我会带着我的孤独，它是我的影子，我逃它追，彼此缠绕。

我活着的全部意义，在于你的偶尔想起，在于你的刹那默念。

那个年近百岁的老人又一次从我窗口经过，我感到了时间的可怕。衰老是一件多么容易的事。此刻，我像一个饥肠辘辘的和尚，手里握着三粒豆子，不知道是煮了好还是炒了好。

月光时隐时现，拂过山岗，我看到起伏的美，也看到黯淡下去的忧伤。谁能告诉我，残缺的月，与圆满的月，哪一个看上去更孤独？

原谅我，在暗夜里跳起了舞，我只是，在黑暗中认出了我自己。

我动了感情，所以，月亮凉了。

当我失去记忆的时候，我需要虚构一些往事，需要它们向上拉拽我，不然，我就会像一个底部装满石子的口袋，向悬崖的深处极速坠落。

我忘记了自己为了什么而离开，却清晰地知道，自己为了什么而归来。

我在生物钟里倒行逆施，种植并收割了一行行诗句。很多年前，我也是这样，整夜整夜地写诗，把一颗颗星星，都推给了黎明。

其实，我完全可以活得像一位智者，什么都知道又什么都不说，把该珍惜的舍弃，把该记住的忘记。

所以，我只管告诫你——

这个秋天，我只剩下一盆干净的水。你若来，别带太多的风尘。

我怕衰老，你不认得我

亲爱的，我不会忘记你写给我的唯一的情书里的最后那句话，你说不论我们谁先离开这个世界，都要在那边静静地等待，等着对方来相认。你说你已经把我的脸深深印在你的脑海里，每个毛孔都记住了。你还和我开玩笑说，不让我衰老，你说你只会记住我这张年轻的脸。亲爱的，你知道吗？我从来没有把你这句话当成玩笑，而是当成了我们之间永远的约定啊。

——题记

一

一个美人！这是每一个见过云姨的人都会在心头急速掠过的想法。是的，一个美人，任何时候都是，时光似乎拿她没有办法。10岁的时候，她叫露珠；20岁的时候，她叫朵儿；30岁的时候，她叫花蕊；40岁的时候，她叫云彩；50岁的时候，她叫火焰……

热爱年轻，讨厌衰老，美人都怕岁月，唯独她不怕。她快乐地过着每一天，她说生活是一座银行，不管你存进去的是快乐或者悲伤，它回赠给你的永远都是带着利息的快乐和悲伤，那么，为什么不存储快乐呢？她用她的快乐思想感染着身边的人，使亲人和朋友们始终生活在一种轻松愉悦的氛围里。

说到亲人，其实云姨只有一个女儿，现在，女儿出嫁，偌大的屋子只剩她孤单一个人。

女儿和女婿要接云姨过去一起住，她拒绝了。“你看妈妈很老了吗？妈妈还没嘚瑟够呢，才不去给你们当保姆。”

女儿知道，云姨之所以这么说，是不想成为女儿的负累，一辈子好强的她，不容许别人看到她的一点点软弱。

可是没几天工夫，云姨就改变了初衷，因为女儿过日子的能力实在太过糟糕，女婿如果每天都在家还好一点儿，可是他经常要出差，女儿一个人在家的时候最让她不放心。这不，女婿前脚刚走，女儿就差点儿出了危及生命的大事儿。要不是因为那晚她不放心，给她打了个电话，女儿恐怕已经煤气中毒死掉了。想到这儿，她的心仍旧怦怦直跳呢！

云姨只好暂时搬过去和女儿同住。

二

云姨的先生是一个风流倜傥的才子，这对才子佳人的结合，曾令很多人羡慕嫉妒恨。他们彼此深深地爱着，彼此都视对方为自己的生命。30岁，也就是云姨被叫作花蕊的时候，他出了车祸，撒手人寰。这样的打击一度让云姨花容失色，那时，女儿刚刚5岁。

世间事，不要太过于苛刻完美，完美到极致，往往就有了令人心碎的痛痕！

唉，自古红颜多薄命。这是那些曾经羡慕嫉妒恨的人们留下的冷冷的叹息。

而云姨这朵红颜并没在那些叹息里枯萎，没过多久，她便缓了过来，生活还要继续，因为她还有义务把孩子养大成人。

云姨把一张她最喜欢的他的带着灿烂笑容的照片挂到床头，不管是开心的抑或是伤心的，都会和他说很多话，这辈子注定了，他是她连死神也拆不散的伴儿。

云姨又开始光艳照人，那些叹息的声音渐渐地又变成了谩骂：狐狸精的骨子，还说恩爱呢，这丈夫死了没几天，还不是照样到处去抖搂她的狐媚。

因为漂亮，气质优雅又高贵，还天生一副好嗓子。她很容易就在一个大企业里谋得一份公关的工作，这种工作免不了要陪客人喝酒唱歌的，这样对她的皮肤有很大的刺激，没多久她便辞掉了这份让人艳羡不已的工作，宁可去车间做一名普普通通的女工，一做就是十几年。

云姨成了工厂里最美的风景，时光改变了很多，唯独没有改变她的美。所有人都知道，云姨爱惜自己的脸似乎达到了一种病态的地步，只要是刺激皮肤的，她几乎都不染指，比如辣的食物，她一次都没有吃过。

云姨爱美是出了名的，但是从来不见她化过妆，她说化妆品会伤害皮肤。她倒是经常做保养面膜，早上一帖晚上一帖，对待自己的脸，就像对待生命一样。

三

和女儿走在大街上，几乎所有人都会误以为她们是一对姐妹，她活力四射，精力充沛，广场上跳集体舞的有近千人，东南西北各有一个领舞者，她是其中之一。

有些人开始说她是“老妖精”，她并不介意，她觉得她配得上这个称呼，为了这个称呼，她在跳舞的时候，甚至扭得更欢了。

自从丈夫去世后，很多男人追求过她，有年轻英俊的富家子弟，也有成熟稳重的成功人士，对于这些追求者，她微笑着一一回绝，她继续过着她单身的日子，继续一个人辛苦地养着女儿。直到女儿长大成人，找到自己的归宿。

女儿也曾有心撮合她和隔壁的马叔叔一起过日子，马叔叔一直都默默地喜欢着云姨，甚至为了她打了一辈子光棍。她却死活不同意，她说她并不孤单，她指着床头的那张照片说：“你看，你爸爸不是每天都陪着我吗？”

女儿知道，母亲对父亲的爱，是任何东西都无法替代的。尽管她对父亲的记忆几乎为零。在心底，女儿真的很敬佩母亲，这么多年，那么多人喜欢她，她都不为所动，就这么一直守着一张照片过日子。

“这就是传说中的永恒之恋吧。”女儿心想。

一天傍晚，女儿看到母亲手里拿着一个日记本，对着父亲的照片念叨着什么，女儿知道，母亲又在以她特有的方式思念父亲了。云姨最近一段时间有些反常，不怎么照镜子了，心情似乎也有些压抑，而且总是很小心翼翼地问女儿，“我的脸上是不是又长了很多皱纹？是不是丑得很可怕？”

女儿安慰她说：“不，妈妈，你从来就不曾丑陋过，一生都如此美丽而优雅。”

好听的话就是受用，云姨笑得灿若晚霞。

四

看到女儿家一切都井然有序，没有什么再需要她去操心的了，云姨就张罗着要搬出去，她说她要出一趟远门，去看看外面没有看到过的风景。

女婿亦知道岳母是个待不住的人，也赞成她去旅行。可是女儿执拗得很，死活不同意。

“妈要去旅行，正好也给我们创造一点儿浪漫空间，有什么不好呢？”女婿被她的任性弄得很是不快。

女儿并没有解释什么，只是趁云姨去广场跳舞的当口，打开一个精致的小箱子，拿出一个日记本给他看。他翻开那本厚厚的日记，走进了一个孤苦的女人无以言表的内心世界——

“亲爱的，我不会忘记你写给我的唯一的情书里的最后那句话，你说不论我们谁先离开这个世界，都要在那边静静地等待，等着对方来相认。你说你已经把我的脸深深印在你的脑海里，每个毛孔都记住了。你还和我开玩笑说，不让我衰老，你说你只会记住我这张年轻的脸。亲爱的，你知道吗？我从来没有把你这句话当成玩笑，而是当成了我们之间永远的约定啊。”

“亲爱的，又让你失望了，我还是没来赴约。女儿虽然出嫁了，可是还有一大堆事等着我来处理，让我不放心的事情太多啊。”

“亲爱的，原谅我这么久不去赴你的约。其实我早就在心底下了决心的，等女儿出嫁之后，我就来寻你。可是你知道的，咱们的女儿就算结了婚也让人操心不断。她什么都不会，把日子过得一团糟，这不，昨天，在家里差点煤气中毒，多亏我赶去得及时，不然这孩子小命都保不住了。我只好来这儿给她做保姆吧。”

“亲爱的，告诉你一个天大的好消息，女儿的小宝宝，也就是咱们的小外孙降生了。这个时候我就更加不能一走了之，我得把这孩子伺候大了才行。你都不知道，这孩子是多么招人喜欢，我巴不得一整天都把他抱在怀里，那小脸儿，就像一个晶莹剔透的大苹果一样，真想狠狠地咬几口啊。所以老伴儿啊，你别着急，再等等我，等他们都让我放心了我就去那边陪你。我尽量让这张脸看着不那么老，到时候你可不许不认得我啊……”

“亲爱的，这几天都不敢照镜子了，因为我感到自己真的老了，皮肤很干燥。我不怕衰老，我只是怕衰老改变了我的脸，你不认得我了。”

“亲爱的女儿，原谅妈妈的不辞而别吧，如今你已长大，也找到了可以照顾你一生的人，妈妈就放心了。妈妈也到了去和你爸爸赴约的时候了，还好，现在去找他，他一定会认得我。这些年，我尽力保养我这张脸，尽量不让它老去，就是怕自己变了样子，到了那边，你爸爸不认得我……”

“亲爱的，咱女儿这是咋的了，今天在浴室里竟然晕倒了。我要带她去医院检查，她死活也不去，这个倔犟劲儿是随了你的。唉，看来暂时我还是不能走啊……”

五

女婿手捧着日记，忍不住落了泪，他万万没有想到，岳母竟然有着如大海一般的心思，而他竟然连一滴水都没有感觉出来。

女儿对她的老公说：“自从父亲过世以后，母亲就有了记日记的习惯，那是她排遣寂寞的一个方法。她从来不让别人看她写的日记，每次写完了都会锁到自己的一个小箱子里。我也是感觉她最近变化比较大，担心她有什么心事，才偷偷配了一把她的钥匙，看到这个日记，才知道母亲一直有轻生的念头。母亲最不放心的就是我，所以我就装着晕倒，装着把什么事情都做得很糟，让她时刻牵挂着我，这样她就没办法离开我们了。”

老公一把将她抱在怀里，“你知道吗？你做过的最糟的事就是不早点儿把这件事告诉我。”

“告诉你，我演给她的戏就不会那么逼真了啊。”

“那么下一步我们该怎么做呢？我们的孩子已经可以独自去上学了。”

“是啊，我也正为这个发愁呢？你说，还有什么可以让咱妈继续留在我们身边呢？”

“办法当然有啊。”老公狡黠地笑了笑，趴到她的耳边悄声说：

“咱得赶紧接着再生一个宝宝！”

母爱的铠甲

我15岁那年，母亲曾经有过一段陪读的经历。为了我能安心读书，她在学校门口租了一间小屋子，除了我们俩住之外，她还支了一个小烧烤摊，烤一点儿土豆、毛鸡蛋、火腿肠、干豆腐之类的小吃，提心吊胆的，城管隔三岔五地就过来罚一次，还要被骂上好多遍，母亲颤颤巍巍地，一句都不敢还嘴。不过一个月下来总归还算能挣点儿钱，可以改善改善我的生活条件。有时候下课早，我就过来帮忙。有一天，碰上一帮小混混，吃了很多东西不给钱不说，还因为我瞪了他们一眼就把我摁在了桌子上，拿牙签扎我的手。母亲过来求情，说不要钱了，你们走吧，别欺负我的孩子。可这帮小混混并没有罢休的意思，一根根牙签扎了过来，我疼得大声喊叫。

母亲急了，跑回屋去拎着一把菜刀出来，对着那帮人喊道：放了我儿子！看他们还没有放手，母亲一刀割向自己的手臂，一滴一滴的血淌下来，那帮家伙看母亲这架势，吓跑了。

我赶紧捂住母亲的手臂，给她包扎，母亲说，没事儿，皮外伤，就是吓唬吓唬他们。

一辈子胆小怕事的母亲，为了她的儿子，竟然做出这般英雄一般的壮举来，我知道，这都是因为母爱的缘故。母亲再弱小，也会为了她的孩子，披上层层铠甲。

张曼娟在一篇文章中写过一个马来西亚拼命三郎般的女记者，只要有新闻，就会骑着摩托箭一般冲向事发地点。曾经潜入连警察都不敢涉险进入的小岛，暗访那些以劫持与抢夺为生的非法移民，差一点儿被当作人质扣留，所幸靠着自己的小聪明逃脱。去深山采访，夜里下山遇到浓雾，她把头探出车窗，看着车轮压住山路上的白线，一厘米一厘米地将车子开下山去。两边是万丈深渊，想一想都后怕。这样冒险的事在她身上不计其数，她的胆子是公认的比男人都大很多，可是有一天，她做了母亲，她的胆子就变得小了起来，做什么事都开始谨小慎微，生怕自己有什么闪失，因为她知道，自己的孩子需要自己，当孩子发生危险的时候，她还是那头天不怕地不怕的母豹子，可是她自己身处险境的时候，她会选择退缩和避让，成为母亲，一个女人便从本质上改变了。她让我懂得，一个母亲的退让，也可以是最坚固的铠甲。

这让我想起我见过的那些母鸡。在我印象里，母鸡总是一副唯唯诺诺胆小怕事的模样，有时候扔给它一点好吃的，它像是怕被砸死似的，“噌”一下跑出去老远。但是后来的事使我对母鸡的态度有了极大的改观。它抱窝了，从趴在鸡蛋上的那一刻，它就彻底变了性子，任你是什么鸡鸭鹅狗猫耗子，来一个啄一个，连家里那条凶巴巴的大黑狗都不敢近身。我想看看小鸡崽儿，刚向它走了一步，它就奓起了毛，作势要叨我。这母鸡的性子在一天之内竟发生这么大的改变！道理其实很简单，它勇敢是为了保护它的小鸡崽儿，这需要经过怎样的心理变化来克服以往的恐惧，这一点忽然就让我对它敬佩起来了。后来小鸡崽儿们长大了一点儿，不需要母鸡带着觅食了，外婆就把大鸡和小鸡分开来养。那只母鸡又是孤零零的一个了，它马上就变回了懦弱的本色，依旧什么都怕，我远远地跺一下脚，它就逃走了。

这只鸡曾体会到了自己勇敢时，别人对它敬而远之的滋味，现在为什么不继续勇敢下去呢？我想，很多母亲都是这样的吧，只要不是关乎自己的孩子，她们自己便放下了尊严，也藏起了勇敢。

小时候，巷子里总有一条大狼狗出没，记忆中，总会浮现出母亲拿着一根打狗棍，把我护在身后的样子。胆子小是母亲的软肋，可是在那一刻，我知道，有母亲在，再凶狠的狼狗都不必害怕，这个世界，只有母亲，愿意用她的软肋，为我们打制一副坚硬的铠甲。

右手所做，不让左手知道

我们从来不会见到那些善良的天使，但我们总能在某一个温馨的时刻，碰触到她的翅膀。

由于双方父母的反对，我的婚姻得不到任何支持和祝福，只能和妻子带着两套行李，来到这个陌生的城市，开始一桩注定充满磨难与疼痛的婚姻。那时候我没有工作，也赚不到稿费。就去工地给人搬砖推沙子，即便是这些重体力的活，也不是天天有，有时候天气不好，好多天都赚不到一分钱。

“这苦命的孩子啊！”房东太太是个热心肠，看到我们什么家当都没有，就从仓房里翻出些能用的东西送给我们，像什么桌椅板凳、锅碗瓢盆之类的，一看小炕连个铺的都没有，她就又倒腾出一块席子给我们用。

妻子怀孕，特别馋油水大的东西，可是我们连买豆油都没有一次超过一斤的。对此，我的内心怀着深深的愧疚。邻居们看到新搬来的这对贫苦夫妻，都不免很是同情，但我们却很不自在，在他们的眼睛里读到了自己的酸甜苦辣。我们虽然穷，但一样有尊严。

“苦日子总会过去的，别犯愁。”房东太太总会时不时地劝我们几句，后来，在房东太太的介绍下，我临时去街道找了份送水的工作，虽然辛苦，但生活总算有了盼头。

有一天中午下班回来，妻子不在，我只看见桌子上放着一盒满满的热气腾腾的盒饭，里面还有久违了的五花肉呢！妻子一定是觉得我每天出苦力干活太累，要给我补充营养呢。其实，妻子怀孕了，最该补充营养的是她啊。我吃了一小半，剩下的给她留着。然后倒头午休去了，醒来的时候，妻子和我说，你今天买回来的盒饭真好吃啊，很久没吃到肉了呢！

我一下子愣住了，那会是谁送来的呢？

“肯定是房东太太。”妻子说，她去后山拾掇柴火，临走的时候，依稀看到房东太太蹑手蹑脚，像做贼一样地去了我们屋子里一趟。

“你们行善，要暗暗地进行，右手所做的，甚至不让左手知道。”我想，房东太太就是这样一个善良的人，想尽最大的力量帮助我们，却又不想让我们的尊严受到伤害，所以才偷偷地进行着她的善行。

那个冬天，让我们感到温暖的，除了房东太太，还有那些可爱的邻居们。

邻居马奶奶是个退休教师，老伴几年前去世了。孩子们都住着楼房，要接她去，她不肯，她习惯住平房，就一个人在这里住着。平日里她喜欢站在院子里隔着栅栏和我妻子聊天，不管天多冷也挡不住她的话匣子，从而也大抵知道了我们的窘境。常常为我们的贫穷咂咂嘴，跟着叹息。我不免有些埋怨妻子，为什么要那么赤裸裸地把自己的窘境全盘说给别人听呢，那样只会换来别人的同情和怜悯，除此之外，还能有什么呢？

马奶奶还喜欢刨根问底，非要把我穷困潦倒的伤疤重新揭开不可，这些都是我不喜欢的。我拎着大大的油桶却只买回来一斤豆油的时候，想躲着邻居们走，可还是躲不开，我依稀能听到他们在我身后小声嘀咕着什么，我仿佛做了什么难堪的事情一样，脸羞臊得像块火烧云一样。

有一天，妻子最好的朋友要来看我们。这可愁坏了妻子，我们实在掏不出钱来买菜招待朋友。妻子情急之下，带着满腹的委屈呜呜地哭了起来。这时候就听见马奶奶在外面喊："小朱啊，怎么把媳妇儿惹哭了呢？可不许欺负媳妇儿啊！"听了我的难处之后，马奶奶二话没说递给我们100元钱，"先拿着应应急吧，谁都有受憋的时候。"

从那以后，隔三岔五地就有人从大门口的门缝里往我们的院子里放东西，有时候是一块新鲜的冻肉，有时候是一坨海带、几条刀鱼或者几块冻豆腐，不知不觉间我们的年货都差不多齐全了。我们不知道是谁在暗中施舍，但我们知道，那个人肯定是个天使，就像房东太太和马奶奶一样。

过年了，邻居们纷纷来串门，说着祝福的话，我度过了生命中最贫苦也最温暖的一个年。

在那个冬天，为了表达我的感恩之情，唯一能做的，就是在下了大雪的时候，早早地起床，偷偷地替邻居们把门前的雪打扫干净。虽然我穷，但我也想用我自己的方式，做一个隐身天使。

在人生的低谷，我们常常会抱怨，误以为天使不在，其实她们就在我们身边，只不过是隐身的。就像鸟儿飞过，却没有在天空留下痕迹。

冬天里的柴火

那年的冬天很冷。没有一只鸟在我的眼底飞过。爱情销声匿迹，没留下脚印让我去寻找。我整天蜷缩在自己的屋里，望着窗外昏暗的天空与冷冷的红尘。我不愿冬眠。我还必须在这个冬天里活着。我想给自己创造温暖的日子，那么，首先必须有足够的柴火。

卖柴火的是个将近古稀的老头儿，干瘦干瘦的，虽然年迈却很有精神，只是稍微有些驼背，他几乎天天从我的门口经过，带着那头和他一样干瘦的小毛驴。这一天，我叫住他，问他的柴火是怎么卖的。

“50块钱一车，便宜卖了。天太冷，早卖了早回家。”他说。

“40块钱怎么样？”我跟他砍价。

“这是俺花了35块钱从20里以外的木柴厂买的，您再给添两个子儿，怎么也得让俺们挣点儿，行不？”老头憨厚地笑了笑。

我打定主意只给他40块钱，多一分也不给。因为我根本就不相信他说的话，我觉得这柴火，他少说也能挣上二三十块。足足磨了他半个多钟头。最后老头儿终于妥协了。

有了柴火，屋子里渐渐有了些生活的气息。我也渐渐开始适应没有女人没有爱情的日子。

一天，我邀请了几个和我同病相怜的单身朋友相聚喝酒，喝到高潮时，苦难兄弟们纷纷议论起爱情，大都与我的观点一致，认为世界上根本没有真爱，爱情不过是一场游戏或交易；至于罗密欧与朱丽叶、梁山伯与祝英台，那只是人们一种美好的向往而已。只有林阳与我的看法相悖，为了证实自己的观点，他还特意举了一个实例。

“有个老头儿无儿无女，天天来我们木材厂拉柴火卖。我们同情他，只卖给他35块钱一车，你们知道他每天挣来的钱都用来干什么吗？”林阳说到这里，停顿了一下，然后严肃地说，“除了买吃穿用的以外，剩下的全买了药！他老伴在病床上整整躺了40年！”

林阳接着说：老头儿年轻的时候是地主家的长工，却偏偏与地主的女儿相爱了。他们一起逃脱了家庭的羁绊，在一个很偏僻的山沟里生活，彼此都刻骨铭心地爱着。

在婚后的第二年，妻子怀孕难产，结果孩子没了，大人也大出血，进而导致下身瘫痪。在残酷的命运前，他首先想到的是给妻子治病。他拼命地挣钱，然后用这些钱给妻子买药，带妻子上大医院治疗，可是结果总是令人失望。医生曾经跟他说：“这个病几乎无法医治的，除非能够创造奇迹。”

他却一直坚信这个世界会有奇迹发生。他继续拼命地挣钱，下矿，钻砖窑，开荒种地……几乎所有的体力活都干过。他始终怀着一个希望拼命地努力，好像他生命中全部的动力都源于这一个希望——在这个希望的面前是一个小得几乎看不清的奇迹。

有人去劝他，别再浪费钱财和精力了，好好攒点钱过完下半辈子吧。妻子也常常哭着闹着，让他不要管她，甚至还偷偷地自杀过几次——都碰巧被别人救了过来。他就自信地对妻子说："老天爷都不准你死哩，你一定会好好地站起来的！"

妻子便不再去想死了，也开始怀着同样的希望活着。她希望自己能够站起来，哪怕只有一次，只为了给自己心爱的丈夫做上一顿饭。

就这样挨过了40多年，他们越来越老了，那个希望越来越渺茫，但它依然在他的心中亮着，尽管那么微弱，却时时刻刻指引着他前进。

现在他老了，再也干不动那些体力活了。他只好每天赶着小毛驴车，到20里以外的木材厂去拉些柴火了，然后在冰天雪地里拉着沿街叫卖，这样一直持续到现在……

"他老伴的病好了吗？"我们几乎异口同声地问林阳。

"这个问题还重要吗？我只是想问，这种爱情还能被称作游戏或者交易吗？"林阳情绪非常激动。

这个故事让我们感到自身的卑微和渺小。我忽然想到那天买柴火的事。想到老汉最后只能挣上5元钱，我的心里仿佛被什么有刺的东西扎了一下，很疼。

我一直想找个机会好好补偿一下我的心情。

那天下班回来，我终于看见了他。风很大，天很冷，他站在桥下，双手操袖，两只脚不停地跺着。天色已经很晚了，可这车柴火还没有卖出去。

"80块钱怎么样？我买了。"还没有等问价我就已经起价了。

老头儿张大了嘴巴，想说什么又咽了下去。他把车赶到我的家门口，看到院子里已经有一大堆柴火了。

"怎么买这么多柴火？"老头儿问我。

"天太冷，多烧点儿暖和。"我随口应了一句。

把钱交给了老头儿，老头儿喜滋滋地接过，却又很仔细地数出3张"大团结"退给我。

“为什么？”我惊讶。

“50块就够了。”他憨厚地笑着。

我顺口问了一句：“你的老伴怎么样了？”他有些兴奋地说：“已经能勉强下地走走了。”

我想这是上天被感动了吧。看着老头儿眼里燃烧的一团火，我一下子暖和了许多。

很久没有这么暖和了，真的。

老头儿赶着毛驴车走了。我的眼前浮现着这样一幅美丽的画面：他老伴已经给他做好了饭，正拄着拐杖，像一个少女等待情人一样地痴情等待着他……

老汉的身影渐渐远去。在他消逝的地方，升腾起一片火焰，映亮了我前面的路。

寻找爱的答案

那女娃甚是奇怪，打出生以来，竟从没对着谁笑过。方圆百里都知道，这家生了个冰美人。直到遇见他，她竟然笑了。那年她8岁，在田野里一个人玩耍，看到他远远地过来，她喊他，用甜美的笑容做底衬。他亦看到了她甜美的笑容，他想，邻居们说得不对啊，这明明是喜欢笑的一个女娃嘛，这笑得多灿烂啊！

莫不是，这女娃今生今世，就为着他而来的吗？

果然，他们慢慢长大，互生爱慕，白首不分离。这青梅竹马的爱，缠绕着他们一生。

这世上，某个人，就是为你而来，只因你一人，喜乐和忧伤。

我是不信命的，可是有些事就像设定好的情节一样，让你不得不相信，一切都是命运的安排。

15年前的某一日，在大街上被一个化缘的和尚叫住，他说，施主，你印堂发黑，近日恐有祸事，要格外小心，以免有性命之忧。

这话听着耳熟，小说里那些算命的，不都是这一个腔调嘛！我笑着摆摆手走掉了，我给他设计好的情节就是，他会接着说，小僧有个法子，可以避此一难，只要你把这串开了光的佛珠戴在身上……最后肯定要谈到价钱，这个嘛，好商量，一百不嫌少，二百不嫌多。

巧合的是，几乎与此同时，爱人在另一个地方被一个陌生男人搭讪，那男人盯着爱人的脸，从面相上说了一大堆，做出一副高深莫测的样子，无非就是说让她多注意点儿，近日家中男主恐有天大祸事，危及生命。让人意外的是，这个男人并不要钱，只是免费地善意提醒。

更巧合的是，三天后，果然出事了。因为与一个路过的酒鬼发生口角，那酒鬼动了刀子，刀子在我的腹部进行了三次“造访”，第四次“造访”的时候，爱人冲了上去，结果那一刀扎在她脖子上，距离动脉就差两毫米！

老人们说，那是我命中该有的一劫，如果不是爱人替我挡了一刀，我早见阎王去了，是她和我一起，把这个劫扛过去了。

爱人说，想想都后怕，也忘了当时腿是不是软了，当时脑子只有一个念头，老公不能死！

如今，我还是什么都不信，但我相信爱情，爱人那时候不顾一切地冲上去，她夺的不仅仅是一把刀子，她抢下的是我的命。晕血的爱人，在那么尖利的刀子面前，没有退缩半步。

美国作家卡罗琳·帕克丝特的小说《巴别塔之犬》，读来很有意味。

“我想念我穿着白纱的妻子，是否能让她的狗告诉我，埋藏在她生命尽头的秘密……”

一个突然死亡的女人给她的丈夫留下了一个谜题和一条狗。她的丈夫为了探究妻子的死因，甚至想要让那只狗学会讲话。在经过了一系列波折的试验和期间所发生的离奇事情之后，丈夫终于了解到妻子是自杀的。

整部书所讲述的故事并不复杂，而它渗透出的感情，却令人回味无穷。

丈夫对妻子的爱，感觉像是在爱整个世界。无论是当他在回述往事的时候，或是他在进行一大串对狗的试验的时候，都是因为那样的一份爱。而在书的接近结尾的时候，这份爱终于得到了呼应。妻子因为精神或是心理的问题，认为自己没有办法生下孩子，最后选择自杀，这个心理过程很矛盾很复杂。而她害怕自己的死亡给丈夫带来太大的伤害，于是制造了一个谜题，留下了一条狗，这样丈夫就可以在这两样事情上投入精力而不至于太过伤心，并且相信他可以熬过这样的一段时光。自己心爱的狗可以陪伴着自己心爱的人，一起挺过生命的黑暗时刻。

其实现在想起来，整个故事似乎又变得很理所当然。但总觉得藏在书里面有那么一种情感在冲击着心灵，已经超过了生死最初原本的意义。

爱，看似不合理，其实一切都是有迹可循，当爱流进彼此的血脉，这世间所有的谜题便都有了答案。这答案就是，给予，愿你永世安好。

所有爱的谜题，我更愿意用爱人写的这首诗，给予回答——

虫子比我敏锐
它毫不犹豫地穿越桃子李子苹果的心
那是风靡一世的甜
像你给我写的所有情书
26年没有遗弃
便有了佳酿的味道

我没时间咂味
我走在买菜的路上

人生有皴裂 总结一下全部都是爱的疼
我不冷 因为你为我背回来的柴草
我不饿 因为你为我省下来的半碗饭
我不疼 因为你比我疼得厉害

我想起来了 你总说最爱我的手掌
因为里边有一条爱情线 笔直地通往未来
其实 什么都不重要
只是这样被你牵在手里 走着便好

幸福的心儿

那一年，我下岗了。紧接着，妻子流产，怀了三个月的孩子没来得及看一眼尘世的阳光就匆匆离开了我们。那段时间，我总是有意躲开阳光，白天睡觉，晚上跑出来酗酒。

一天晚上，我走进一家小饭馆喝酒，发现饭馆的主人竟是车间里下岗的张师傅。听张师傅说，这几年起早贪黑地干，攒了点儿钱开了这么个小饭馆，生意还不错，有时候吃饭的人多，桌椅都不够用。他正准备把隔壁的食品批发部兑过来，扩大经营。张师傅兴奋地说着，在他爬满皱纹的脸上我看到了年轻人才有的那股子劲头，我问起和他一起下岗的另外三位师傅的情况，他说，老马开了一家擦鞋店，老李搞家政服务，王师傅则专门给饭店送啤酒。我想他们虽然苦点累点，毕竟是在阳光下忙碌着，而且是快乐地为生活奔波着，命运并没有击败他们，反而为他们的生命增添了新的色彩。

听了我的苦恼之后，张师傅取出一枚一元钱的硬币对我说：“来，给你算一算明天的运气，正面是好运，背面是坏运。”

张师傅是想替我解解闷。

我问，会不会在很短的时间内找到新的工作？他把钱币高高地抛向空中，又用手接住，我不敢上前去看，他却微笑着在我眼前摊开手掌——是正面！我问，妻子的身体和心情会不会早日恢复过来？这一次他把钱币放到食指上，然后用拇指轻轻一弹，钱币在空中飞快地折着跟头，落到掌中的时候——是正面！是快乐的正面！我问，生活会不会一天比一天更好？他又一次把钱币抛进神秘的占卜的隧道，那小小的钱币像一个附了魔咒的精灵，我甚至看到了它诡秘地发着亮光的眼神。我急急地扑向他的手掌——是正面！是幸福的正面！

那天，我问了无数个问题，结果落到掌中的全是正面！我晦暗许久的心有一些微弱的小灯在闪烁了。

“这个送给你了，”张师傅把那枚用来占卜的硬币放到我手里说，“刚下岗的时候，一个陌生人送给我的，他说用它可以战胜命运。现在我已经不需要了，命运不会再那么轻易击垮我。”

看着手中的硬币，我发现了它的秘密。原来，这是两枚硬币背对背地用胶水粘到了一起，这样，无论你问什么，得到的都会是好消息。

我如释重负地回家，想象着明天早上的阳光将会如何的灿烂，隐隐约约听到张师傅在身后大声地喊着：“我的店里正缺人手，不介意的话，可以先过来帮帮我的忙……”

最近的花朵最香

这是又一个青梅竹马的爱情。

他和她，在同一个村子里长大。在鲜花盛开的山路上，他们一起上学放学。他高大帅气，她温文尔雅，走在一起，彼此相得益彰，不时引来路人的注目。懵懵懂懂的他们尚不懂得爱，却不能阻挡爱在心底生根发芽。不自觉地，碰触到对方身体时，一个会羞红了脸，一个会心跳加速，彼此观望的眼神也渐渐开始有些闪烁、迷离。

山路上开着各种各样的花，她常常会问他，哪种花最香，他答不上来，胡乱指着那一簇簇的丁香。的确，丁香是最香的，山路上，到处都弥散着丁香花的味道。她微笑，不置可否。

因为家庭的窘迫，高中没毕业，她就被迫辍学。令她没想到的是，他随后也跟着辍了学。按理说，他的家庭条件还是可以的，况且他还是个男孩子，他的母亲也盼着他上大学找份好工作，光宗耀祖。她想不明白，问他，怎么就放弃了大好前程？他亦学着她，微笑，不置可否。

没你陪着，这路上的花都不香了。这是不善言辞的他和她开的唯一的玩笑。

她当真了，认准了自己在他心底的位置，满脸满心都漾着幸福的红晕。

去地里干农活的时候，他们还是会一起去，他们两家的地挨着，干活的时候也会彼此照应。游荡在他们年轻心湖里的情感的鱼并没有因为辍学而搁浅，反而走进了更广阔的海洋。

那个午后，她穿了一件白色连衣裙，脚上是粉红色的凉鞋，整个人像一朵饱满的荷花，娇艳欲滴。他被她迷住了，猝不及防地在她的脸颊上吻了一下。然后像做了坏事的孩子，撒着欢儿地逃开了。

她呆愣在那里，仿佛有无数个太阳烘烤着她，一顶硕大的草帽遮不住她的娇羞。

可那算是爱的表白吗？上帝微笑着，不置可否。

他们彼此没有承诺，但似乎彼此都已心照不宣，都在守着这一份没有被污染的爱。

但他毕竟是耐不住寂寞的人，他的心终是向着外面的世界的。他跟着一帮人去了城里打工。临行的时候，她指着路边的丁香，看似漫不经心地说，你说过的，这儿的丁香花最香。他懂得她的心思，微笑着，不置可否。

他手巧，学了美发的手艺，不过几年的工夫就有了自己的一个店面。因为他的手艺好，再加上青春阳刚，他的店铺便成了一些有钱的妇人们常常光顾的地方。就常常有多情的妇人对他暗送秋波，不停地往他的口袋里大把大把地塞小费。

自然不能白拿了别人的好处，一番挣扎之后，他毫不怜惜地卖掉了自己。一次、两次、三次……外面的花花绿绿渐渐涂染了他的心境，他不再想回到他的乡村，他想扎根在那个灯红酒绿的地方。

但他常常会想到她，但那张清纯的脸，早已敌不过城里女人的妖娆。他在这纸醉金迷里缴械投降了。

而此刻，她却在村子里守着她可怜的爱情。是的，现在她确定那是爱情了，因为他的一个吻，一吻定情。

男孩的父亲也去城里打工了，家里只有他母亲一个人支撑着，早出晚归，在地里干农活。她常常去帮她，一老一少两个女人在地里挥汗如雨，美丽着那个朴素的乡村。

偶尔他回来，他们也还会在那山路上默默地散步，只是，她和他，近在咫尺，感觉却有些遥不可及。他为她做了新发型，无论怎样做，都依然是朴素的面容。他摇着头，他看不到她的妖娆。

他说，别等了，我只是路过，我终还是要走的。

她无语。夕阳被撕碎了，乱红漫天。

从此，各自掉转船头，一别经年。

当年龄像年轮一样转了一圈又一圈之后，剩下的，怕是只有淡漠和忏悔了。年轻的双手，虽然成就了宏图伟业，却无法停止新陈代谢，依旧要随时间老去，那些丰功伟绩也带不到干涩的黄土里；平淡的眼睛，看遍了一生的平凡生活，尽管仍然凝视着幸福和绚烂，依然为它们激情万丈，可是却已经有了皱纹，岁月无情地将锐利磨钝，然后，带来黑暗；无知的身体，不停歇的贪婪和放纵，终是要为没有边际的挥霍买单。当身体上满是伤痕累累的时候，你终于能够忏悔你的罪恶了，只是你也将是油尽的枯灯，熄灭了，就无法再燃烧。

欣慰的是，有回忆这样的东西存在，它时刻提醒人们，哪些东西是我们该珍惜的，哪些东西是我们该遗忘的，哪些东西是让我们感到幸福的，哪些东西又是让我们觉得痛苦的。

回忆总让人上瘾。就像他和她，总是被路边那一簇簇的丁香缠绕。

再见到他的时候，已是十多年之后。她已为人妇，他却仍旧孑然一身。因为和一个贵妇人的暧昧，他被那女人的丈夫指使手下教训了一顿。结果他瘸了一条腿，现在的他，看上去老了很多，也颓废了很多。再见不到一点年轻时候的影子。他看着她，不自觉地就感觉有湿乎乎的东西在眼角溢出，其实，一直以来，离他的心最近的，只有她。这些年来，他一直是在忏悔中度过的，他不该越过身边的花朵，去追逐那些遥不可及的芬芳。

他说，你没变，还是那么清纯。她微笑着，不置可否。他便想起她曾经问过他的话：哪种花最香？

现在他想告诉她，最近的花朵最香。

而她，就是离他的心最近的那朵花。

一朵云，穿着体面的裤子

1915年的一天，马雅可夫斯基靠在门框上，为他喜欢的美人艾丽莎朗诵了长诗《穿裤子的云》。诗人倾吐了自己对爱情的渴望与哀愁。只见他或狂喜或激怒，或憧憬或绝望，在场的人仿佛时而被抛入狂涛激荡的情感旋涡中，时而又置身于阳光明媚的俄罗斯草原。

谁也没有料到，最受感动的竟是艾丽莎的姐姐莉莉娅，她久久凝视着前方，没有说话。她被震撼了，她觉得马雅可夫斯基说出了自己的心声，其他人的诗是那么苍白乏味。而马雅可夫斯基也在莉莉娅身上找到了真正的知音，就这样，两颗心紧紧贴在一起，两个人热烈地相爱了。

与莉莉娅的爱情，甚至改变了马雅可夫斯基的生活方式。他面貌一新，不再像以往那样不修边幅、放荡不羁了。他变得就像一朵高贵的云，穿着体面的裤子。

1915年9月的一天，两个亲密的人紧紧依偎在一起，合拍了第一张照片。这张照片马雅可夫斯基一直珍藏着，直到死。

马雅可夫斯基对莉莉娅的爱是深广的，甚至一天不见，他就感到孤独、寂寞、痛苦。这时他为寻求解脱，只有在诗中默默地倾诉。

一次，在思念这位情人时，他抑制不住自己的感情，挥笔写下了一首饱蘸心血、情意缠绵的诗《献给莉莉奇卡》：我/没有大海/除了你的爱/……我没有太阳/除了你的爱。

莉莉娅是位个性很强，很有才情和事业心的女子。马雅可夫斯基很有诗人气质，冲动之下，多有令人莫名其妙之举，常常使莉莉娅的自尊心受不了。

一次，两人正在大街上散步，马雅可夫斯基突然向她朗诵起爱情诗来，使莉莉娅万分尴尬；还有一次，马雅可夫斯基在演讲中，当中讲到了他和莉莉娅的私生活，令莉莉娅十分不快。相处日久，他们的性格冲突便显露出来，争吵与烦恼是无法避免的了。

“两个月后再见面吧。”莉莉娅说。

马雅可夫斯基再也说服不了她，只好点点头。

从那以后，两个人的关系渐渐以互尊互敬为主，但在马雅可夫斯基心中，莉莉娅一直是他永远的爱人。

在马雅可夫斯基的感情生活中，不得不提到的，是美人塔吉雅娜。

1928年10月，马雅可夫斯基在巴黎出席了一位画家在家里举行的聚会。当他走进大厅时，几十双眼睛都转向了这位身材高大、剃着光头的诗人。寒暄间，马雅可夫斯基注意到作家爱伦堡身边有一位苗条的姑娘，她高高的身材，穿着漂亮，秀发下闪动着明亮的眼睛，袒露的手臂和微露的双腿柔嫩娇美，显得十分突出。马雅可夫斯基立刻意识到她就是侨民中众口称赞的美人儿塔吉雅娜。以前，马雅可夫斯基曾通过朋友对她表达过爱慕和敬意，今天，两人终于见面了。

诗朗诵照例是马雅可夫斯基的节目。也只有他在朗诵的时候，才是众人心目中完美的人（他有一副洪亮的大嗓门。据说，他曾躲在酒瓮里练习过朗诵诗歌）。朗诵完后，他回到塔吉雅娜身边，他唯一关心的是她的反应。塔吉雅娜没有说话，只是用眼睛笑了笑。点点头。马雅可夫斯基明白了，心海翻滚出欣喜的浪花。

分手时，两人依依不舍。塔吉雅娜邀请马雅可夫斯基第二天到她家中。在那里，马雅可夫斯基鼓起勇气，说道："反正有一天，我要带走你，带走你一个人……"塔吉雅娜开怀地笑了，向马雅可夫斯基扑了过去。那晚，他们两个人一起待到很晚很晚，尽情享受着对方的抚爱。

塔吉雅娜很希望马雅可夫斯基留在巴黎，以便能天天见面，但马雅可夫斯基说他离不开苦难中的祖国；另外，他有一部剧本想回国后完成并上演。

他们约定第二年夏季见面。临行前，马雅可夫斯基给花店留了一笔现款，请花店按时给塔吉雅娜送花，直到他下次回来。每次接到鲜花，塔吉雅娜都如见其人，深深地陶醉。

在这一年里，马雅可夫斯基想结婚了，他想有个家，他已厌倦了爱的漂泊。他向塔吉雅娜求婚。在塔吉雅娜的通信中，他已超越了恋爱阶段，进入到婚姻的商定和准备中。

第二年的夏季，马雅可夫斯基把住所收拾得干干净净，他只有一个念头——去巴黎和塔吉雅娜就婚事做最后的商定。

可是签证一直没有消息。一周、两周，他多方询问，没有结果。一再催问，终于有了答复——当局不批准他出国。

这个打击对马雅可夫斯基太沉重了，它破坏了他的生活计划和组建家庭的愿望。他怔住了，这怎么可能？为什么？可一切询问都无回音。

在感情的迷乱中，马雅可夫斯基把自己对异性的爱转移到新结识的女演员维罗尼卡身上。

这是他一生中最后一次爱，也是他想组建家庭的最后一次失败。

维罗尼卡21岁，健美的身材如运动员，白净的皮肤衬托着金黄的头发，红嫩的脸颊上长着一对迷人的酒窝。她刚踏入社会，还保持着少女般纯真的心。和莉莉娅一样，她也是位有夫之妇。

终于有一天，马雅可夫斯基向维罗尼卡明确提出：要她离开剧院，要她同他结婚，同丈夫离婚。维罗尼卡不忍心就这样同丈夫分手，也不忍心离开自己的事业。她的答复是含糊的。她告诉马雅可夫斯基，她同意与他结婚，但现在却不能。马雅可夫斯基深感苦恼。渐渐地，两人话不投机，常常陷入争吵。

这是马雅可夫斯基生命的最后阶段。他的身体很坏，常常生病。他的心情也很糟，一次次的失恋打击着他，而当时文坛上的官僚们也排挤和歧视他。他只有从爱情中获得拯救，像抓住一根救命稻草，可真正的爱情又那么不易获得，他感到绝望了。

他想到了死。自杀的念头似乎一直纠缠着他。他同莉莉娅相恋时就两次想自杀，他在诗中也多次写到了自杀这个主题。

1930年4月14日早晨，是马雅可夫斯基生命旅程的最后时刻。

马雅可夫斯基把维罗尼卡叫到自己的房间，同她彻底摊牌。马雅可夫斯基让她马上离开剧院，马上同丈夫离婚。

维罗尼卡苦苦哀求着："我爱您。将来我一定和您生活在一起。……但我尊敬我的丈夫，我不能不辞而别。我也决不能离开剧院，永远离不开。"

马雅可夫斯基火了，"哦，是这样啊！好吧，你走开，走开，马上走……"

"晚上能见到您吗？"维罗尼卡亲切地问。

"不知道！"马雅可夫斯基显然已下了最后的决心，怒气冲冲地说。

"您不准备送送我吗？"维罗尼卡胆怯地问。

马雅可夫斯基走到她面前，忽然变得温柔起来，吻她。然后平静、深情地说："不，小姑娘，你自己走吧……不必替我担心……"

维罗尼卡刚走出房间，便听到屋内一声枪响。

当她惊慌地返回时，发现马雅可夫斯基已躺在地毯上，两只胳膊张着，左手还握着勃朗宁手枪，胸口有一片血迹，身上还漂浮着淡淡的蓝烟。

维罗尼卡扑了过去，声嘶力竭地喊：“您干吗这样啊？干吗这样啊？”

马雅可夫斯基像是在望着维罗尼卡，像是要说什么……转眼间，他那双炯炯的眼睛失去了光泽。

时针指向10时15分。

诗歌中的钢铁侠，也终有倒下的时候。马雅可夫斯基走了，带着他的爱和爱的伤痕。

一根善的拐杖

14岁那年，我正在上初中，父亲在工地不小心摔断了右腿。医生说至少得休养一年半载才能好，这可愁坏了父亲，全家人都指望着他挣钱呢。

父亲是个待不住的人，刚刚休养了半个月，就让母亲给他弄了一副拐杖。他说家里太闷，要出去溜达溜达。让我们想不到的是，就是这样靠拐杖支撑着走路的父亲，晚上回来的时候，照样神奇地给我们挣回了钱，尽管只有十几元。原来，父亲在步行街那里，找了一份发广告单的活儿。想着父亲右腿上绑着厚厚的石膏，拄着拐杖，在那里一站就是一天，我的心里，仿佛飞进去一只凶恶的马蜂，不停地扎着我。

我说："爸，我不想念书了，让我替你吧。"

父亲却狠狠地训斥了我："没出息的孩子才去发广告单，你只管给我好好读书！"

父亲是纸老虎，虽说偶尔也发发威，但我一点也不怕他，他太瘦小了，体重只有90多斤。刚刚14岁的我，无论个头还是体重，都已经超过他了。

我不怕他，可是心疼他。

周末的时候，我要替他去发广告单，他不允，让我在家复习功课。我却偷偷地跟着。

那天很热，我看到父亲脸上的汗水肆意流淌，可是两只胳膊要架着拐杖，手里还拿着厚厚的一摞广告单，没办法去擦。我想过去帮父亲擦擦汗，又担心他责骂我，只好在那里暗自替父亲难受着。

就在这个时候，发生了令我终生难忘的一幕。

一个上了年纪的老人，摇摇晃晃走过父亲的身边，忽然就晕倒在地上。呼啦啦地围上来一帮人，却没有一个去扶的。我听见有人小声议论，说前几天有个年轻人救了一个老人，却被老人讹上了，最后那个年轻人在医院花了近千元的冤枉钱，真是叫人寒心。这大概就是一大帮人却没有一个肯施以援手的原因吧。

这是一群麻木的人，我从人群中那一张张脸望过去，每一张都写着冷漠。不，有一张脸是个例外，如同万千枯藤上唯一鲜活的一片叶子，上面写着焦急。我看得真切，那是父亲的脸！粗糙的布满皱纹的脸，此刻却光滑得如一面镜子，映照了人的良心。

父亲拄着拐杖，费力地拨开人群，蹲下来，为老人掐人中穴，原来老人中暑了。老人醒过来，向父亲道谢，颤颤巍巍地站起来，像一盏在风中摇曳的蜡烛，随时都有可能被吹灭的危险。父亲递给老人一根拐杖，“拄着点儿走吧，能稳当些。”

“谢谢，那你怎么办？”

“没啥，我这不是还有一根吗，我只是断了一条腿，一根拐杖足够了。”

瘦小的父亲渐渐高大起来，早上明明刚和他比过个头儿的，可是现在却觉得自己比父亲矮了不少。

人群出奇地安静，不知道这些围观的人此刻心里在想些什么，大概是被父亲的举动惊到了吧。

没了拐杖，我本以为父亲会摔倒，可是父亲没有，虽然在那里有点儿摇晃，但却像一棵树，只是摇晃而已，不会倒下。因为他的脚下有根，很深很深的根。

人群并没有散去，开始有人伸出手来，一双，两双，十双……枯藤开始发出了新芽！

我们太习惯“事不关己，高高挂起”了，各扫门前雪，整天一副麻木不仁的模样，灾难来临时的呆若木鸡，邪恶当道时的熟视无睹，都会令你的灵魂左右飘忽，摇摇欲坠。

父亲让我懂得，每个人都需要一根善的拐杖，使自己的灵魂不至于在风雨飘摇的尘世摇摇晃晃。

一根善的拐杖，可以让你的人生站得稳当一些。

（入选2016年乌鲁木齐中考试题）

猫还小

宝贝，长大了你要做什么啊？一位妈妈在公交车上问她的宝贝。

宝贝说，我要做一朵喇叭花，就开在咱家门口。

为啥要做喇叭花呢？

因为我要天天唱歌呀！

年轻妈妈一脸尴尬，傻孩子，你再想想。

宝贝说，那我就做一棵树吧，妈妈累了，就可以每天靠着我。

车里的人发出一阵善意的笑声。年轻妈妈有些隐隐的尴尬，似乎她想要的答案孩子没有给她，但我却为她感到骄傲，因为孩子拥有一颗无比纯真的心，那才是最珍贵的宝藏。

孩子就该有孩子的话语，孩子的天性，我不喜欢孩子过早地被“成人化”。有一次，在儿童用品商店看到一个六七岁的孩子和他的妈妈，那个妈妈很开心地看看这个看看那个，问自己的孩子：“你看，那个小熊好可爱，我们也买一个好不好？”那个小孩却说：“老妈，你别丢人了，我那么大了，还玩这个会被人看不起的。”我听后就很不舒服。老舍崇尚天真，看不得小孩子对着变戏法的猛然来一句——这都是骗人的。那些所谓的“聪明”小孩，只会让他难过。他说过，假若小猫刚生下来就会捕鼠，他就不再养猫，虽然它也许是只神猫。

孩子们总喜欢在作文里说：我要快点儿长大！家长们也是各种恶补，不分青红皂白地给孩子灌进去各种知识，巴不得让他们一夜之间变成小神童小超人……可是我多么希望你们可以长得慢一点儿，属于你们的美好，应该再多停留一会儿。猫还小，尽管去玩耍好了，在不属于你的年纪，何必非要急着去捕鼠。

孩子，我每一天都在失去你，失去满月的你，失去两岁的你，失去三岁的你；孩子，我每一天都在得到你，得到童年的你，得到少年的你，得到青年的你。

我希望看到，一个孩子缓慢地走在大地上，他身上藏着全部事物的种子，他每走一步，都是在大地上播种。

孩子就该像苍耳一样，粘在草地上，迟迟不肯回家。而我们也终将无法将孩子和奔跑隔开，无法将孩子和危险隔开。

我失去了一只臂膀

就睁开了一只眼睛。

这是顾城在8岁的时候写的名叫《杨树》的诗歌。8岁的他就表现出不一样的孩子式的表达。杨树被砍去一条枝干，留下的是一块伤口一块疤痕，在顾城的眼里却是一只眼睛。这种孩子的天真与浪漫，不禁让人眼前一亮。这是只属于纯真的心灵才能捕捉到的诗句。孩子就该是这样的啊，舒婷在送给顾城的一首诗中说：你相信了你编写的童话，自己就成了童话中幽蓝的花。

可是，世界上的孩子有多少都已经面目全非，童话离他们远如隔世，战火连绵的中东和非洲的童子军们就是最悲哀的例子。看美国电影《血钻》的结尾，让人倒吸一口凉气。影片中阿切尔最后送所罗门离开令我感动，本来祥和的村庄被叛军屠杀的场景令我震惊，但是最令我觉得恐惧的还是童子军的出现，看着那些孩子带着恶魔般的笑容屠戮着无辜的村民，看着他们被叛军洗脑，注射毒品，迪尔最后甚至把枪口对准了自己的父亲，这一幕幕都令我恐惧。这些孩子，本来可以好好学习，朝着自己的目标努力，却被叛军洗脑、逼迫，最后变成了杀人机器，还拥有了所谓的称谓，这怎能不令人恐惧和悲哀。

这些孩子，已经失去了本该享有的孩子的快乐和纯真。

孩子的世界，就应该是蓝天、花朵、白云和风组成的，让他们用这些纯真的事物变着法地去组合。小孩子可以更野一点，玩更多的泥巴，弹更多的弹珠，走更多的山路，捉更多的蝈蝈，爬更多的树，吃更多的山果……让身上沾着更多的泥土和阳光，做最任性的种子。

为此，我的脑海中总是浮现着关于孩子的一副美妙的图景——天边的玫瑰色绚烂至极，满口乳牙的彼得潘在无忧岛的一块岩石上睡成个“大”字，眼里没有一朵乌云。

那便是童话里，最幽蓝的花。

幸福是零售的

在人生的超市里，没有批发的幸福。幸福，从来都只是零售的。

男人是个海军，常年在外，一年唯一的一次探亲假就成了他和她的蜜月。每次分离，都仿佛是一块肉被生生地拽开，两块都滴着血。女人更是愁肠百结，郁郁寡欢。

男人来信了，他说："明年是我们结婚五周年纪念日，我要多攒几个假日回来陪你。"

男人的假日是这样攒下来的：在一次海军演习中，他表现出色，获得首长的嘉奖。颁奖的时候，他红着脸对首长说："能不能把所有的奖励换成几天假期？"首长笑了："那就给你十天假期。"还有一次他发表的关于海军作战方面的论文引起专家关注，在接受奖励时他又提出了同样的请求。他在信中忍不住兴奋地对她说："算上探亲假的三十天，我一共积攒了六十天假期，整整两个月啊……"

女人捧着信，喜悦的泪水滴在信纸上，慢慢洇成一朵笑着的向日葵，心便跟着轻舞飞扬起来。她终于领悟到，等待也是一种幸福。

再次离别的时候，便不再那样悲凄。因为她知道，这是属于他们自己的独特的幸福，与分秒不离长相厮守的爱情比起来，他们的幸福更加显得珍贵。因为他们的幸福是点点滴滴汇聚起来的，每分每秒里都能挤出幸福的眼泪来。

人生的超市里，幸福是限量供应的。上帝只给每个人小小的幸福，需要的是你将它一点点积攒成最美最大的幸福：爱人和女儿均匀的呼吸；一个久违了的朋友突然的一个电话，告诉我他对我的关心和牵挂；妈妈打来电话说为我做好了过冬的棉被，让我抽时间回去拿；一个人坐在温馨的小屋听一首美妙的音乐；和家人围坐一起吃火锅、开心地聊天；陪父母在黄昏散步……这些都会给你带来幸福，这星星点点的幸福在繁杂的日子里也许微不足道，可当我们把这些积攒起来，就会串成很大的幸福的珍珠项链。

幸福是人生超市里的紧俏商品，它零售，不批发。我们唯一能做的，就是认认真真地去爱，认认真真地去生活，并在心里时刻准备好自己的篮子，时刻等着去采购那些零售的幸福。

第六辑

捡得人世几粒糖

人间事，若细细掂量，错过的总是比握住的多得多，但错过的景致正因为是错过，而在心头占据着一定的位置，从而不忘，虽然遗憾，但也算另一种意义上的收藏。

倘若生命列车可以返程

倘若生命列车可以返程，你会给你的人生，准备好怎样一副行囊？

1965年的秋天，他即将退役。部队领导经过严格考察和筛选，决定留下5个人在部队重点培养，他是其中之一。就在此时，家里的一封信改变了他一生的命运。家里人在他当兵之前给他介绍了一门亲事，现在女方催促他回家完婚。他就像被什么东西附了身一样，一刻都等不下去，他放弃了这一切，包括转业安置的机会都不要了。其余那4个留下的人，后来都做了军官，职位都在团级以上。而他做了一辈子农民，一生和土地打交道，除了当兵之外，没有再出过远门。晚景虽算不得凄凉，但过于单调，每日里和几个佝偻气喘的老家伙打点小麻将，常常为输了几块钱而郁闷好几天。他微驼了背，有点老年痴呆的前兆，当年的老兵组团来看他，讶异不已，他看上去比那几个当了军官的战友至少老了10岁。

“唉，如果当初……”战友们对他的境遇唏嘘不已，一声叹息如叶子般轻柔地落到他的后背上，却令他猛然向前打了一个趔趄。

1991年的秋天，一个15岁的少年，因为过于高傲，中考志愿上只报了一个重点高中，结果以一分之差被拒之门外。高傲的他放弃重读的机会，认为不上大学，靠自己的本事一样可以成为人中龙凤。结果走了很多弯路，付出比别人多出好几倍的艰辛，用了近20年的时间才有了一点小小的成就，而当初几个成绩不如他的同学早于10年前就拥有了他现在所拥有的一切。一个决定，让他丢失了10年的好时光。

2005年的春天，一个中专毕业的姑娘决定不高考，去找工作。尽管同学和老师一再相劝，说她考个好大学不成问题，将来的前程也会很光明。她不为所动，只想尽快找到一份工作，早一点赚钱养家，因为家境实在太过窘困。她做了很多种工作，目前在一个浴池做收银员。一个高傲的学子，身上的光芒正慢慢褪去，只剩下一份平庸。

这三个人，分别是我的二叔，我自己，以及我的表妹。我们选择了现在的人生，并势必在回忆的时候抱怨生活，抱怨自己走过路过错过。倘若时光能够倒流，人的一生也能如列车一样有返程的时候，我想我们一定会认真准备好自己的行囊，带着最初最美好的愿望，从头开始，重新去认识道路。

妻子买回那盆荷花时，还是含苞待放的。夜半被朋友找出去，陪失意的他喝酒到天明。待我回来时，只见一枝洁净的莲，盈盈开放在这间寂静的小屋。趁着屋子里淡淡的荷香，我睡了。中午醒来时，看到花瓣合在了一起。这是白荷花的节律吧——它只开在夜半和黎明。

第二天，我有了时间，把它放到我的书桌上，准备一边写文章一边看着它，以为这样便不会错过它的再度开放。然而未及晚上，花瓣便一枚枚从茎端飘落……

初时伤神，继而明白——凡世间可遇不可求之人和事，都因他们自有节律。所以有错过，也是不必太过哀伤的。因为那一切从来时便是为了要去的，只不过从我们眼前一时经过一下。于这样的缘分，若我们不能看得分明，懂得透彻，必定要徒惹些惘然的伤感！

虽是擦肩而过，我不是也在那薄薄的荷香里美美地睡了一觉吗？亦当知足了吧。

人间事，若细细掂量，错过的总是比握住的多得多，但错过的景致正因为是错过，而在心头占据着一定的位置，从而不忘，虽然遗憾，但也算另一种意义上的收藏吧。

人生本来就是由各种遗憾组成的，所幸，我们只是错过，而不是过错，所以，请继续怀揣着那些美好的心愿，继续着生命列车可以返程的梦想，不要遗弃它们，永远。

生活的正面和背面

老乡来的时候，我的公司正处于风雨飘摇的生存状态。我的一个曾经所谓的好朋友买通了我的财务主管，正在通过一些不道德的手段恶意收购我的公司。我被他们搞得焦头烂额，疲惫像密不透风的墙，挤压得人有些透不过气来。

我是家乡人眼中的骄傲，所以每次有老乡来，我都会邀请他们到家里来。其实都是虚荣心在作怪，不过是想向他们炫耀一下自己的豪宅——这穷人眼里的天堂罢了。老乡是个有些木讷的人，吞吞吐吐地说着一些莫名其妙的话，脸上还不时泛起潮红。我知道老乡是个十分好面子的人，猜想这次一定是有难言之隐来求我帮忙的。果然，两杯酒下肚，老乡便不再那么木讷了。他说明了来意，想向我借点钱回家盖蔬菜大棚。其间，他以自嘲的方式给我讲了他的一些曲折的经历。

老乡是个倒霉的人。两年前外出打工，在建筑工地当苦力工，每顿饭都是两个馒头一碗汤，几个月下来，人整个瘦了一圈。就在要完工的时候，不小心从二十多米高的跳板上掉下来，幸好被下边的跳板挡住了，不然定摔个粉身碎骨。

他的腿骨折了，躺在医院里，工友给他的妻子打了电话，可迟迟不见妻子来。一个月之后，他拄着拐杖来到工地，向工头索要工资，工头欺负他老实，说他住院的一个月，花费了很多钱，要从工资里扣除，最后他只拿到了很少的钱。

回到家的时候才知道，他的老婆跟一个有钱人跑了。

这是一个被命运戏弄的人，一个走在生活背面的人，一个在生命中经历了风雨的人。他什么都没有了，只剩下一条瘸了的腿和一根拐杖。那一刻，他瘫倒在地上，生活仿佛一下子就走到了尽头。但不久他就清醒了过来，他想到自己的孩子和上了年纪的父母，他们还需要他。而且更重要的是他觉得，一个男人，如果倒下便没有了尊严。

所有人都以为他会找他老婆和那个男人算账，但他没有，并不是他懦弱，而是他觉得，有些东西失去了就无法再追回来，像感情。而有些东西，失去了还可以找回来，像尊严，像那些被劫匪抢走的钱财。

他从体弱多病的父母那里接回了自己刚刚5岁的孩子，他拄着拐杖开始收拾自己破烂的家，从亲戚那里凑了些钱，盖了猪圈，买了几头猪崽，孵化了一大群鸡鸭鹅。每天起早贪黑地饲养它们，那是他唯一的希望。

可是他似乎注定了要奔波在生活的背面，先是他的猪，不知道是什么原因怎么喂也长不大，然后是他的鸡鸭鹅们，正赶上流行“禽流感”，不管是禽肉还是蛋，都卖不出去。他的头发在那一夜白了许多，那可是他全部的希望啊，他还要指望用它们供孩子上学，指望用它们给生病的父母买药呢！

或许这就是他的命吧，不管他躲到哪个角落，那些苦难的子弹总是循着他的声音或气味尾随而至，如影随形。在他来不及防备的时候对他进行突然袭击。

“可我不能就这么倒下去，我不想一辈子生活在别人的同情和怜悯里。”老乡对我说。

他又一次拄着尊严的拐杖站起来了！他在厄运里苦苦挣扎，就是为了求得能与人平等站立的尊严。他又开始他雄心勃勃的计划了。他想利用家里宽敞的园子建一个蔬菜大棚，可他实在没有地方可以借到钱了，邻居们就劝他来城里找我碰碰运气，看能不能得到我的帮助。

因为我平时对自己的家乡建设很热心，所以对于老乡的请求，自然是应允的，毕竟他要借的那笔“巨款”对于我的公司来说只能算是九牛一毛。老乡感激涕零，不知道说什么好，一个劲地给我弯腰行礼。我还掏出一些零钱给他，让他打个车回去，老乡却无论如何也没要，“我有拐杖呢，这东西好着呢！走路可借力。多远的路都不怕。”老乡说他来的时候就是拄着拐杖走来的，回去也可以。天！我不敢想象，从乡下到城里有50多里路呢，而且他的腿还是残疾的……

我被老乡的经历震撼了，他为我疲惫的心灵支起了一根拐杖。我的公司所面临的困境和老乡的经历是如此相像，我的财务主管被挖走了，这就好像我断了一条腿一样，但我用老乡赠予我的这根思想的拐杖渡过了难关，重整旗鼓，公司又走上了正常轨道。老乡来还钱的时候说，他那里的蔬菜很抢手，供不应求。他还准备扩大经营呢。

我想是上帝终于被他感动了吧，终于为他打开了一扇窗子，让他看到了希望，看到了生活的正面，看到了金灿灿的阳光。他让我懂得，在生活的背面艰难跋涉的人，一样要挺直腰身。就像山背面的树，只要顽强不屈地生长，终会高过山峰，终会得到阳光的恩赐。

生活的背面虽然缺少阳光，但土质潮湿，一样适合植物的生长。

我不知道他生命中的风雪是否已经停息，但我可以肯定的是，如果紧接着再下一场雪，再遭遇一次风暴的袭击，他依旧还会咬紧牙关，挣扎着不让自己倒下去！

因为他有一根尊严的拐杖，它可以支撑一个人走过命运里所有的沟沟坎坎。

母亲这把干柴

在外地工作的时候，母亲在给我的信中说：留给你的一树李子，熟透了，一个一个落到地上，最后一个都落了，你还没回来！

我仿佛看到母亲站在那棵李子树下，忧伤地捡起最后一个李子，内心该是怎样的落寞和荒芜！

我看到了那个佝偻着的身影，那一把我赖以取暖的干柴。

终生的劳碌让母亲驼了背，这一点和外婆很像，外婆老的时候，腰弯得厉害，随时都有吻到脚背的可能，看上去，仿佛一个悲伤的句号。

如今，母亲也在通往“句号”的路上。母亲这一生，承受着多少失望，又扶着多少希望，倚在风雨飘摇的门框，望着我们回家的路啊！

我为何不能早一点迈进她的门槛？

小时候的深秋，母亲常常带着我去郊外割荒草回家做引火柴，那时候母亲力气很大，背也不驼，所以她的柴火总是很大的一捆，母亲扛在肩头一点也不吃力，甚至不妨碍和我玩耍。没想到，很多年后，能让我最确切地形容母亲的词汇，竟然就是这把干柴。

母亲扛着家的重担，也扛着一家人的暖，因为爱，那担子再重，她都不忍换一下肩膀。母亲低眉顺眼了一辈子，只为了，给家的灶膛里添一把柴火。

母亲，孤单的背影是我眼中的繁华。以此为枕，推开一个又一个清晨。任我怎样在梦里奔腾，也走不过她目光里的哀凉。

没有玩具，母亲给我们做。缝沙包，扎毽子，用硬一点的纸画扑克，我们的童年其乐融融。贫穷让我们消瘦，却并未让我们晦暗，为了在风中唤醒一盏灯笼，母亲耗尽了整整一生的火柴。

母亲骨子里是个浪漫的人，但凡父亲单位里发了电影票，不管刮风下雨还是北风呼号，都会领着我去看，我记不住片子的内容，记住了母亲的怀抱，那种温暖让人贪恋，往往电影还没看完，我就睡着了。回去的路上，母亲叫不醒我，只好背着我，怕我感冒，就用她的外套蒙着我的头，自己穿着单薄的衬衫闯进风里，扣子开了，也来不及去系，像一本被打开的经书，让我念诵不已。

我贪玩，黑天了也没回家，母亲出来寻找，一遍一遍唤着我的名字。很远我就能听见，手提灯笼的母亲，是离我身体最近的一片海。

母亲这把干柴，越来越轻了。我们和岁月，都是榨汁机，压榨得母亲，再也滴不出一滴汁液来。

母亲老了，生病的时候，我抱着她上手术台，母亲很轻，骨头仿佛都变成空心的，一点分量都没有。让我想起在生活的最低谷，母亲掉着眼泪说："如果谁肯把我买了去，我倒也乐意，给你们换几顿饱饭！"

可是母亲这把干柴，卖不上好价钱，又轻又瘦的一捆，谁都不肯瞧上一眼。

有一次回家小住，我执意睡在母亲身边，像小时候那样，依偎着她。孩子好奇地问："爸爸，你这么大了，为啥还让奶奶抱啊。"我说："爸爸虽然长大了，可是在你奶奶眼里，爸爸永远是个孩子。"

母亲可以变得越来越小，但是她的怀抱，却永远辽阔。

那一夜，我在和母亲有关的梦里取暖，习惯性失眠的母亲，她的梦，又在哪个角落里漂移呢？

梦里的母亲步履蹒跚，可不知为何，我怎么追也追不上她！

（入选西安人教版2020年八年级上学期期末考试语文试题模拟B卷）

捡得人世几粒糖

那日在公交车上，一个很少见的穿着带补丁衣服的老人，满面笑容，从背着的口袋里不停地地向外掏着什么，我看清了，他竟然在向满车的人分发糖果！我们有些不明就里，也大多不敢接他的糖，看我们犹疑，他喜滋滋地说，今天他的闺女结婚，他要大家分享他的快乐！

从他的穿着来看，这定是个寒酸的人，可他竟然毫不吝惜地给陌生人发那些他平时不舍得吃的糖果，大概是他的内心真的过于喜悦吧。

我含着那粒水果糖，一整天的时光都甜了。

大家纷纷向他表示祝福，真诚的祝福，也是一粒糖，那份甜蜜里面，蓄满温暖。

20岁那年，我临时找了一份邮递员的工作，那时候经常去学校送快递。

有一个经常在网上买书的高中女生，我几乎每周都要给她送一次快递。

因为知道她的班级，所以每次我都会亲自把书交到她的手上，她的班级在六楼，大概是觉得我每次爬楼挺辛苦的吧，她竟然每次都会给我一粒包装精美的糖果。开始的时候我不要，可她硬生生地往我的兜里塞，嘴也很甜，一口一个哥哥地叫，让我觉得这六楼爬得也值了。

不做邮递员之后，再也没有见过那个小女生，但我在心里，总会想起她，一个像我妹妹一样的孩子，想起她送给我的糖果，虽然我们都不知道彼此姓甚名谁，可是就是这么单纯地相信别人。

回忆起来，真的是一件很甜、很温暖的事情。

从那以后，我很相信陌生人，也许很多人与我们擦肩而过，一辈子都没有办法再见，但是，他们曾经的一个暖暖的微笑，一句善意的提醒，都会永远留在记忆里。

比如现在，我刚刚在火车上通过笔记本电脑打完这篇文章，我旁边坐下了一位民工大叔，两三句寒暄过后，我们俩便开始聊起了他在全国各地打工的种种见闻。

对我来说，这是一种新鲜的接触，一个新的世界的打开，也是一种毫无保留的信任。我想，我的这种信任，这种盯着他的眼睛，静静地倾听的姿态，对于他来说也是一粒糖吧。

朱德庸说：你的好对别人来说就像一粒糖，吃了就没了；你的坏对别人来说就像一个疤痕，留下就永久在。这就是人性。我们只能把握好自己内心的纯洁，记住别人给我们的糖而非疤痕，这样的世界才是我们真正想要创造的世界。

那么，就去做一粒糖吧，尽管会融化，但终究甜过那样的一段时光，那一小段时光里，如果没有阳光，它可以为你带来些许慰藉；如果有阳光穿过，那么落在你指尖上、你脸颊上的那一抹，也定会是比以往更温暖的吧。

为我的灵魂打补丁的人

二叔常到我的梦里来，踱着四方步，气定神闲。他的衣服上始终打着补丁，似乎注定了他与贫穷的纠结。

在梦里，二叔一言不发。每次走的时候，必是那让我十分熟悉的哀怨的神色，转身之后，又必会呈给我那块补丁——触目惊心的补丁，却令我的灵魂完整。

二叔本不必如此贫穷的，二叔有力气，能吃苦，饭量和干出的活恰好成正比。二叔是个木匠，村里大多数木工活均出自他手，他的技术和他的为人一样被人津津乐道。

可是二叔偏偏受了一辈子的穷。因为二婶死得早，家里没了“装钱的匣子”，二叔的钱就像流水一样，匆匆地揣进兜里，又匆匆地溜出去，不知道都花到哪里去了。亲戚们劝他攒些钱，再娶房媳妇，可二叔死活不肯，他说够了，知足了，剩下的日子是他一个人的了。

我们都知道，二叔和二婶在一起的时光是他最快乐的时光，他像个孩子一样跟我们疯闹，时而把我们高高举过头顶，时而扮鬼脸吓唬我们，惹来一大群孩子的尖叫。

过年的时候，二叔用了三天三夜的时间为我做了全村最漂亮的灯笼，让我骄傲得像一个天使，带领伙伴们奔跑在除夕之夜，那个精美的灯笼照亮了我的整个童年。

二婶不能生育，所以二叔总拿我当他的亲生儿子看。他常常让我去陪他，时间久了，我们之间的感情真的和父子相差无几了。

知道我喜欢看书，他就常常带着我去城里的书店，用自己偷偷节省下来的私房钱给我买书，二叔大字不识一个，就让我自己挑。我书架上的很多名著都是那时候买的。

二叔是在二婶死后开始消沉的。像一盏油灯突然被掐灭了灯芯。

二婶是被一只老鼠吓出毛病的，柔弱的二婶承受不了一只老鼠跳上她的脚背带来的巨大惊吓，整日神情恍惚，最后被一条小河把灵魂收留。我常常去那条二婶溺水的小河旁，看上面浮着的花瓣和叶子，就以为是二婶纤细的命运，一切都只能跟着风跑。

二叔开始酗酒，每日里酒不离口，时时刻刻呈现出醉态。他爱吃泥鳅，会一条一条地攒，攒到十条八条时用大酱一酱，就能美美地喝上半斤酒。而我所有的伤痛正源于此，直到二叔临死之前，我都没能为二叔买来一斤泥鳅鱼、打上一斤酒。而且更让我的灵魂无法平静的，是我曾经当着那么多人的面，深深地伤了他的心。

那是在我的婚礼上。二叔迟到了，一副狼狈的模样。而且，他是我的婚礼上唯一一个穿着带补丁的衣服的人。对于我，二叔是多么重要的人啊！我必须向我的客人们介绍他——和父亲一样的二叔。可是在客人们满是惊讶和鄙夷的神色里，我感觉到自己的尊严被撕碎了。

我对着二叔发了很大的脾气，二叔不知所措地站在那里，像一个做了错事的孩子般惶恐不安。

二叔又喝醉了，坐在那条带走了二婶灵魂的小河边，絮絮叨叨地不知在说些什么。

我想去跟二叔道歉，可他却是不停地埋怨自己：唉，老糊涂了，三儿大喜的日子，怎么就不换身衣服呢……

其实，二叔又哪里有一件新衣服呢？父亲说，我用来操办婚礼的钱都是二叔辛辛苦苦攒下的，他不让父亲跟我说，他说反正他自己用不着，不要给孩子添压力。而我又是怎样对待二叔的呢，在自己婚礼的时候连一件新衣服都没有给他买。顷刻间，愧疚刺穿了我的心，一生无法弥补。我的灵魂生出了洞。

二叔死去的时候，父亲终于为他脱掉了身上那件打着补丁的衣服，替他换上一身干干净净的新衣服上路。

可是二叔每次到我梦中来的时候，都是打着补丁的，一直没有改变。我知道，我一生都无法对那块补丁释怀，也好，就用它补我灵魂的洞吧。

只是希望我这一生，灵魂里不要再生出这样的洞来。

（入选大连2016年中考模拟试卷）

一棵树娶了两棵树

院子里开满了樱桃花，20多棵樱桃树晒出一片白亮亮来。风里没有花香，只有飞来飞去的落瓣。记得小时候的花是香气四溢的，现在连花开也没了香味儿，或许是它们把爱意深藏了起来，发酵着，等到某一天厚积薄发，让那些香气铺天盖地而来，醉倒尘世几颗玲珑的心吧。

妻在春天的早晨忙活开来，像只贪婪的蜜蜂，飞在姹紫嫣红的院子里。当她一头扎进樱桃丛的时候，她便也成了一棵樱桃树，开了满身的花；当她抬头看着那刚刚醒来，在枝头不停地抖弄翅膀的鸟儿的时候，她也便成了一只鸟儿，满身满心挂着欢快。

多么动听的鸟鸣，无论多疲惫的身心，我都愿意被它唤醒。我不舍得在这么明媚的早晨睡下，尽管，为了创作，整个夜晚都被我点燃，被我高高挂起。我惦念着那些鸟，这春天的使者，它们是否留下一封邮件到我的花园?

我喜欢这样的清晨。仿佛时间从未极快地将我们从天真里卷走，一切都还在老地方，还是老模样，我也只是个不会被任何速度打扰的孩子，睡眼惺忪地睁开看了一下，又安然地睡去，继续梦着我的花儿和罐头瓶里的小虾……

想到自己的孩童时代，从每一个有鸟啼的清晨醒来，像一朵花儿悄悄张开。我们听到鸟儿的叫声，便觉得世界是和自己一起醒来的，欢闹着与时间一起飞向快乐。

已经很远了。刹那间升起缠绵的思绪，若不是窗外清晨里的鸟叫声，不可能让我一下穿越多年的遗忘，于过去的经历中捡拾些许的碎片；已经没有当初的小伙伴了。也不能再与谁背着小书包，重走一段鸟儿啁啾，阳光即将迎来的清晨的路。

还好有女儿在，她在延续我们走过的路。

妻在院子的空地上撒了很多菜籽，有香菜、茼蒿、菠菜、生菜……到时候再把鲜嫩的菜一把把地送给邻居们。我们喜欢那样的院子，鸽子在房檐上咕咕地叫着，松弛着它们的翅膀，把阳光一片一片地絮进去。所以冬天的鸽子不怕冷，因为它们在春天的时候储存了大量的阳光。

不仅仅是樱桃花，我的院子里还有杏花。与那一片雪白相比，这里便是绯闻的中心了。粉色，让人想入非非的颜色，勾引了我的思绪。我想到和杏树有关的一场爱情：高贵美丽的古罗马皇后菲丽斯爱上孔武威猛的战士狄摩封，狄摩封跟皇后缠绵几个月，出征前夕答应一个月内回来，结果失信。“相思催人老”，皇后整日以泪洗面，以致容颜大改，憔悴不堪。天神怜悯皇后痴情，把她化为一株杏树。胜利归来、得知真相的狄摩封后悔不迭，抱枯树忏悔，一阵风吹来，枯树顿时开出无数杏花，幻为皇后倩影拥吻战士……

我不是狄摩封，却希望得到那些杏花的吻。

妻依旧在院子里忙活着，把我的早晨搅成了一锅幸福的粥。那株一直自由自在冒冒失失地长出来的山丁子树长满了花蕾，妻起了“杀心”，拿起剪刀，剪掉一个枝条，又剪掉一个枝条，一个一个的枝条落地，又一个个的枝条被她捆绑上去。她把樱桃树和杏树的枝条一起嫁给这棵幸福的愣头愣脑的山丁子了。“哈哈，美坏了它，一个早晨娶了俩媳妇。”妻大声地笑着。

也美坏了妻，一个上午“制造”了一场树的爱情。妻开玩笑说，别是制造一场事故就好。大概她在担心，这一夫二妻的风流树，能否和谐美满吧。

妻唤醒女儿，要给她拍照。把她打扮成公主的模样，一会站到雪白的樱桃树旁，一会蹲到鲜粉的杏树下，仿佛要把整个春天都装进女儿的心里。

我开着窗子，看着春天的早晨发生的这一切。因为没有比日月更忠贞于昼夜的，没有比植物更忠贞于季节的。我想起去年的秋天，落叶簌簌，温暖而又感伤，它们的生命正走在我所不能见的轮回的圈里，它们离去，正是为了与这约好的季节携花而来。

落叶和新绿，似乎在完成某种交接的仪式，把生命通过泥土，一路承接过来。如此这般，生生不息。

不出所料，在我的花园，我收到了我的邮件。但我没有打开它，因为我熟知它的内容。春天的信使，怀着善念和慈悲，提醒着尘世的每一颗心：春天，别忘了种点什么。

点石成金：

多么形象生动的比喻，又是多么新奇有趣的视角！一座染了花香的小院，一群无忧无邪的鸟儿，一位蜜蜂一样勤劳美丽的妻子，再加上那一树树莹白的樱花和粉红的杏花，只是看着，就醉了这温暖明媚的春色。这样的清晨，无论多疲惫的身心，我都愿被它唤醒。更何况，在院里忙活的妻以及公主一样漂亮可爱的女儿，还把我的早晨搅成了一锅幸福的粥。

诗画一般的文字，感伤温暖的情节，让人欲罢不能。

大家看看，这篇文章，我只是在叙述这发生在春天早晨的一件事，但这个叙述的过程，是不是显得很生动和有趣，富有活力和美感?

这就是因为神形兼备的缘故。一个女人，如果仅仅漂亮，还不足为美，如果有内涵，有气质，才可以称为是美人。

有朋友评价过我的一些散文，说有一些贵族气质。我想他说的意思也是形神兼备的意思吧。

如何把“神”植入“形”之中，而不露痕迹，这需要一种写作的功力，也有一定技巧在里面。“植神入形”，要充分发挥你的想象力，使你要描述的事物变得有血有肉。打个比方，就是你在描述的时候，要带着思考去描述，而不是单纯画其形，要描其神。同样写一棵树，有的人写的是它的笔直向上的心；有的人写的是它耐得住寂寞，独自守在一个地方，安安静静的灵魂；有的人写的是它枝头上的鸟鸣；有的人写的是它扎根的故土……不一而足，每一个通过这棵树延伸开来的想象，都是一个题材，一个有哲思的题材。

形、神，说起来有些抽象，但是放到作品里来解读，就会变得具体一些了。

我特别喜欢萧乾的一篇文章《枣核》，文章先写朋友索要“枣核”却没有讲明用途，再写朋友得到枣核如获至宝却“故弄玄虚”，后写朋友领“我”踏访后花园时的一番谈话，说明索要枣核的原因。这些都是蓄势、铺垫。文章结尾一句“改了国籍，不等于就改了民族感情；而且没有一个民族像我们这么依恋故土的”，则是对海外游子的思乡之情的高度浓缩，是对全文内容的归纳总结，提炼升华。没有了这一笔，文章将逊色不少，也便少了那份“神韵”。

推倒善良面前的那堵墙

春节的前一天，同朋友开车出去，在等红灯的时候，一个老妇人在路中央乞讨。一来天寒地冻，二来要过春节了，我动了恻隐之心，但出来的时候忘记带钱包，便示意朋友拿出一些零钱给她，可朋友不肯，他说如果这次给了，下次她还会在路中央讨，轻者影响交通，重了，有可能会害死她。

朋友还根据自己的判断，对我说："你看啊，她穿的衣服不是很破，这一点很值得怀疑。还有，她的皮肤，一看就不像是饱经风吹日晒的，种种迹象表明，她就是个骗子。"朋友还特意讲了几个发生在自己身上的事例，以证明他的推理是正确的。

我知道，我们谁都不会在意那几块钱，可是在年终喜庆的日子，在天寒地冻的萧瑟中，开着车子从那老妇身旁飞驰而去，我心里很是不舒服，我们大可不必如此拘谨。

尽管细细想来，朋友说得也有道理，那些想法也无可厚非，可是一颗心却愈发地怏怏不快，那些推理和怀疑，就如同横亘在善良面前的一堵厚厚的墙。

这个时代，我们习惯了紧闭自家的门，习惯了"事不关己高高挂起"，有谁肯为可怜的人敞开怀抱，有谁肯为可怜的人打开一扇哪怕是废弃仓库的门？

我感到，一堵无形的高墙隔开了人心。

和一个网上的朋友聊天，他说他总是犹豫于是否给乞讨者零钱，但从不犹豫给幼小而肢体残缺者施舍，因为他们都是苦孩子：被人贩子拐骗到大城市，人为破坏肢体后强迫乞讨，而所得尽为人贩子所有。施舍他们可以帮助完成当天的任务，不然完成不了任务的他们，不论是在寒风呼啸的冬天还是烈日炎炎的夏日都要遭受毒打以及挨饿惩处……

人们习惯了声讨QQ群里的那些所谓的“爱心接力”，但当有一天，一条这样的公益宣传还是让我很感动，并且毫不犹豫就转发了出去——如果您丢的垃圾中有碎玻璃、大头针或者刀片等锋利的东西，请帮忙用胶布缠上，这样会减少清洁工人受伤的概率。

一个人，既然要行善，就应抛掉那些顾虑，推倒横亘在善良面前的那堵墙。

向一朵花低头

在春天之前，草木都是僵硬的。春风解开了它们的穴道，千树万树梨花开，纷纷扬扬，撒了欢儿地四散开去。

杏花与桃花不甘落后，商量好了一般，纷纷炸开，在人间进行一场芬芳的接力。

油菜花从来不拖泥带水，也是说开就开，一口气翻过一道一道坎。从村口一直跑到山顶，这一大片金黄，像黄昏翻出的一封旧情书，把夜照得透亮。

妻爱花，也写花——花有不同，香亦有不同。丁香扑面，它是高密度颗粒状态，瞬间卷走你全部的知觉，迷了路也浑然不知。早樱的香细若游丝，它如美女汗毛孔溢出的汗，若没有怜香的心，很难闻得到。这个早上，在山中遇见了一片不知名的小花儿，指甲大小的兰，不是璀璨，不是浓烈，只是因为感冒而不小心发出的一声干咳，它便割伤了我的咽喉，那香凛冽，横冲直撞地刷洗我的五脏六腑，苦涩里泛着细腻的甜。

芍药花开，一团一团的粉，一捧一捧的白，一堆一堆的紫，特别没个性的花儿，刚好符合了民间说辞里的“牡丹为王，芍药为相”的说法，少了气势风骨，多了柔润圆滑。芍药多开在民宅的门前庭院，不管你看不看它，它就在那不管不顾地开，一场雨下来，落地的残瓣儿也不显多么慌张狼狈，倒是比在枝头上更多了一些美，书上说，这花儿是别离的花儿，可是我一直都没看出来它哪根筋脉里露出一点儿离殇情绪，倒是觉得百花当中，它多的更是喜兴与自在。

见到花儿，我总是不自觉地就慢了下来。法国哲学家阿兰说，旅行应该是一次只走一两米路，不时停下来再次观察同一事物呈现的新面貌。这真的是人生之旅的箴言。以前，自己也曾走得匆匆，然而，总是忽略了很多人生和自然的美景。自从采取走走停停的旅行方式，不仅感到了生活的美，更让自己始终保有一颗永远好奇的童心。

脚步慢下来，心也慢了下来。人过中年，终于修炼出一点不温不火的佛性，内心很少再泛起波澜，不再轻易为什么事激动，不再狂喜和愤怒，身体不适，哪都疼，学会了用自嘲来排解——零件老化，没啥可怕；国足一如既往地输球，输掉了我的大半生，也终于坦然——那不过是几个人抢一个球的游戏罢了；提醒自己，别人发达了要给予祝福，别人落魄了要给予支援……

名来利往，熙熙攘攘，什么都敌不过一朵花的香。

小区的空地上，几个老人齐心合力，愣是给修整成一个小花园，他们种了不同品种的花，轮流给花们浇水施肥，还为每一种花都标注了名字、属性，很专业的样子。那里的每一朵花都开得很认真，没有辜负老人们的关爱，没有辜负岁月。

汪曾祺说，如果你来访我，我不在，请和我门外的花坐一会儿。我能想到同样的情境，一个人在花间，学会了思考，学会了爱。

一个人在花间，会活成一朵花的样子。雨天，花是清明的姿态，晴天，花是灿烂的模样，不论如何，一个人也应该如此，在不同的环境里，拥有不同的心境，但不变的是如一朵花般怒放的信念。

一朵花的信念是什么呢？是要把自己的芳香，尽可能地延伸到更远的地方。

很喜欢老树的一幅画，一片紫色的花海中，一头戴礼帽、身着长衫的男子坐在一张小圆桌前，桌上一卷书、一杯茶。画上题诗云：世间无非过云楼，何事值得你犯愁。荣辱得失算什么？此生只向花低头。仿佛离群索居在云端行走的人，又忍不住向下张望尘世。一边冷眼旁观超然出世，一边酒酣耳热混迹人间。

妻子喜欢在花间拍照，在我给她拍的照片里，有很多是她对着一朵花，颔首低眉的样子，我能感受到那花香，正慢慢浸润着她的心。万般皆浮云，唯向花低头，那是这人世间，关于美的最恰如其分的无声的诠释。

对坐的泥偶

越发喜欢中年人的爱情。比如此刻，我们泥偶一样对坐，任凭岁月流淌，不发一言，也能把爱意，推往对方的胸膛。

我们一起睡下，一会儿是你的腿压着我的腿，一会儿是我的胳膊压着你的胳膊。你的鼾声点燃我的鼾声，我的呓语熄灭你的呓语，磨牙声，以及偶尔蹦出来的不雅之声，把安静的夜，弄得如同猪圈一样吵闹。

你胖嘟嘟的小指，是我所爱。在你睡着的时候，我轻吻了它。我把它当作定情的信物，暂时安放在你的手上。一小根骨肉。

年轻的时候，我们开玩笑，假如可以选取对方身上的一样东西，你会选什么。结果你说你会选取我的死鱼一样的眼睛，你说那里边有着旷世的忧郁，令人心疼。我选了你的小指，那是多么可爱的一小截火焰。

那时你问我，接吻的时候，电线杆上落了几只鸟？我说两只，和我们一样，也正在经历着爱情。你便恼怒了，接吻的时候还有心思查鸟，一看就是不用心。我说，就算电线上有一群鸟，我也会说两只，因为与我们的爱情相配的，只能是两只。多一只都是多余的啊。

如果我确定爱你，誓言就是多余的，玫瑰是多余的，波涛是多余的，甚至，月亮也是多余的，眼睛也是多余的，光明也是多余的，时间也是多余的。

可是，随即我便否定了自己，我爱你，一切都不是多余的，哪怕一粒小小的灰尘。

你老了，可是你多么美。

我极少说爱的字眼。但我每到一处，看了一分美景，便总想着分你一分美景；每吃一分美食，便总想着与你分享这一分美食；每饮一口佳酿，便总想着与你同享这一口佳酿。故而，我写的山川景致，皆有你的影子；我吃的美食，皆有你的味道；我饮的佳酿，皆有你的醇香。我想，这就是爱。

我喜欢睡着的你，喜欢听你的鼾声，喜欢看一只蚊子一次次围着你转，却又被我一次次轰走，喜欢看你一次次蹬被子，而我又一次次给你盖上，好像一场小小的固执的战争。

每天早晨，我们都会一起醒来，你系上围裙，走进厨房。我扎进书房，打开电脑。饭香飘过来，我写下的第一行诗，就有了烟火的味道。

诗歌是神赐予我的礼物，如果没有那一首诗，没有那个叫杨枫的诗人，没有那个《新潮诗报》，我的人生之圆不会与你相切。

因为我喜欢你，所以那些看似没道理的事情，都有了解释；因为我喜欢你，所以一切为了与你相遇的跋涉，都成了风景。

这一切都是命里注定的吧。一定是。我想起很多年前的春天，我躲在众多的樱桃后面，为你疯狂地写诗。是你带给我，崭新的波澜。那时候我问你：我的心里有个家，想请你做我的家人，如何？你说，三匹马的车子停在我家门前，上面需要装满你的诗歌。

这世间有一种事不便直说，更适合用诗去暗示，我想那就是爱，即便我们早已过了说爱的年纪。

我准备好了一首长诗要送给你，但我迟迟没有写出来。我希望，当面念给你，也希望你，能当着我的面，背诵出来。这考验的，不仅仅是我们的记忆，还有我们彼此的恩情。

是的，我一直希望自己是一首长诗，而你是唯一的听者。可是你把我念成了最短的诗。曾经，我只是一个字，玉。你喊着喊着，这一个字就变成了诗。这一首最短的诗，你写的，你懂。

我们对坐着，彼此凝望。我是俗人，你也是俗人；我是菩萨，你也是菩萨。

亲爱的，我把与你的相爱，比喻成古老的打制家具的技法——丝丝入扣，打卯、钉楔子、上漆，一生缠绕。只要相互支撑，就永不散架。

我们就这样挤在旧时光的蓝色长袍里，一遍遍地问着对方，冷吗？冷吗？

我在爱你的路上，历尽千辛，可是再多的荆棘也都被我踩在脚下。今天，我要送你的不是玫瑰，是一朵从中年的山峰上，采摘的云。我爱你，哪怕到了生命的最后，也会如这朵云一般，用纯净的呼吸，去供养你劳苦功高的肺。

亲爱的，我要带你，走到一切伟大事物的身旁。我用汉字捏了一匹健壮的马，驮着你，周游这尘世。可好？可好？

一个男人的花样年华

看一朵花，我不喜欢走到近前。远远地看，风自会为你捎来它的香。有一些香，你若闻不到，近在咫尺也是徒劳。

看花，不为折取，为闻其香；看树，不为攀附，为效其直。

比起迅疾奔走的人们，我更愿意做那树间徘徊的思想者。披一件哲学的外衣，同行的人，认得出，那是我的袈裟。

我从不认为蜗牛是值得嘲笑的，爬到树顶的，差不多和鹰一个高度的，唯有这大智若愚的蜗牛吧。

可以睥睨众生的，除了鹰，还有就是一只小小的蜗牛。

懂得花的悲欢，获得花的垂青，那是你交了桃花运；沉溺其中，无法自拔，那是你犯了桃花劫。

一只飞虫，在树林里飞过，你不会在意，哪怕飞到你的额头，你也没有太多的厌恶，甚至，它们那镀着阳光的金色翅膀还会令你情不自禁地赞美。如若它飞到你的卧室、书房或者餐厅，就完全不一样了，它们就成了你的死敌。因为它们打扰了你的生活。你看，一切喜好善恶都是以自我利益为参照物的。

心中无刀，却依然布满伤痕。晨钟暮鼓，敲击出几首传世的歌谣?

没有一种鸟，不关心粮食和虫子，没有一种鸟，衔着音符，夜夜笙歌。

我不关心，你来自的远方有多远，我只关心，你到达的时候，我该敲响暮鼓还是晨钟。

别再执着于一个梦的深浅，我相信，不用救生衣，你还可以自己游上来。

这个早晨如此薄凉，如同我掀开了冷漠人的床单。

这个早晨，我像一尊冰冷的雕像，阳光一丝一缕将我暖化，慢慢地，就有了眼泪的味道。

我置身事外。尘世离我这样近，又离我那样远。

我流连在时间的边缘，我喜欢看断崖，它有哲学的意味。对于断崖，最幸福的莫过于崖壁上的藤蔓。

以蔓之心，去拥抱藤。生活就有了依附。

怜悯有时候多么矛盾。我们一边祈祷所有的飞虫都能避开那蛛网，一边又担心蜘蛛会饿死。怜悯，很多时候出自我们狭隘的内心。一头饥肠辘辘的狮子捕食了一只鹿。我们只同情弱者，怜悯鹿，却忽略了那头饿了很久的狮子肚子里怀着很多只小狮子。它也要生存，也要养育后代。

思想，是男人的花。

思想着的时光，是男人的花样年华。

我静听行人的脚步，如赴约前的急迫。我独坐一隅，数一个人的脚步，数两个人的脚步，数三个人的脚步……直到最后，我把他们的脚步声数成了自己的心跳。

曾经，那些说不出的怨怼，直抵喉咙。现在，随着那心跳落回心的下面。

左拥淡雅，右倚繁华

一直在想，一个人若是披着月光，醺着花香，说出的话会有哪些不同？

我的一个学员的老公，和我一样，也是个写字的人。有个很有趣的笔名——咸济，仿佛一个药店的名字，大概他取这个名字的时候，本意是想用文字为受伤的尘世疗伤吧。

他开着额定人数的作文班，养身立命。从不多收学生，他说多了就教不好，心就会浮躁。

他喜欢安静简单，对事务的干扰，让他很不自在也很不耐烦，总恨不能一时半会把所有事务处理完，以便尽快回到自己喜欢的安静与思考中。

他有精神洁癖，朋友邀酒必先一一问清与谁共桌，如预先说好的人员有变动，走至半途也会返回。尽管如此，在外酒宴还是常常带着一肚子伤感回家。不想和人较真往往还是较真。他害怕人与事的纠缠，看似热闹的里面空无一物，所以更多的选择是逃离。只要一有空闲，就会下乡爬山，湖边看水，他说人的浊气只能在大自然中洗净。

他为自己开辟了一处小花园，养各种各样的花和许许多多的草莓。那是他为自己的心找的“同伴”。他的心需要从那里得到种子出土时的期待，花朵开放时的激动，手捧花枝时的幸福，甚至，一身汗水，满脸泥尘和弄脏的手无处可放时的讶异。

摘下的草莓大都是被老鼠咬过的，他却并不讨厌那用破坏来走访他花园的小老鼠，甚至但愿它和他一样，都会在那里玩得很开心。虽然也会用气咻咻的样子喊出几声“可恶”。但感性的瞬间，他的心却可能会与一只小老鼠变成“知己”。哪怕他们对草莓有不同的想法，但至少那只小老鼠和他一样，都喜欢逗留在那片绝密的小花园，搜寻他们眼中的宝贝。

当小老鼠可以在这里对草莓左审右看，又咬又亲的时候，他也在这片花园里，任性地摘下春天里的第一朵花，采集一包包的薄荷叶，笑殷殷地哄那棵三年都不开花的芍药说“我爱你”……累了懒了，坐在侧倒的枯树干上望天看云，可以不要求也不被要求，在花园里化神成仙，快乐不已。

除此，他还觅得另一方安静的好去处——庙宇。常维法师识他性情，让出庙里一隅净地，让他在那里独处，喝茶读书，听佛音缭绕。

他说，淡泊名利，生活定然简单轻松；回归简单，就会活出自己的心性。

这是一颗多么干净的心！

喜欢日本插画师山田绿笔下的猫，总是慵懒怡然地、慢吞吞地走在花丛里，或许它是想找一处最舒适的树荫来小憩。

毛线团一样的猫，蜷缩在世俗的角落里，怡然自得。只要有那么一处树荫，再喧闹的尘俗，都无法打扰它的酣睡。

如此看来，除了鱼和老鼠，猫的生命中还有其他重要的内容，比如寻找一处舒适的树荫。

人也一样，有什么是值得我们过分追求的呢？那样的“追求”，只会让我们慢慢变成臃肿的人。不要一味奔跑，应该学会优雅地踱步，去捕捉属于心灵的一片绿荫。

舍了红尘，遁入深山老林，我想那并没有多大的了不起，能在繁华处觅得清欢，寻得幽静，并安然相处，左拥淡雅，右倚繁华，这才全然是真的隐士。

当荒谬的光照彻大地

莫尔索是阿尔及尔一家法国公司的职员，他接到离阿尔及尔80公里的一个养老院发来的电报说他母亲死了。他请假到了养老院，糊里糊涂地看着别人安葬了他的母亲，他只觉得很累，不想在封棺前再看一眼母亲的遗容，也不知道他母亲到底多大岁数。

下葬的第二天是星期六，不上班。莫尔索到海滨浴场去游泳，碰到了从前的女同事玛丽，两人一起游泳后，晚上又看了一场滑稽电影，然后留玛丽过了夜。

莫尔索的生活十分单调无聊，于是他和同事去追赶一辆卡车取乐。他有个邻居叫雷蒙，被情妇的弟弟痛揍，想让莫尔索代笔写封信把她臭骂一顿。莫尔索答应了，其实他对于做不做雷蒙的朋友是无所谓的。

玛丽到星期六又来和他一起游泳，还问他到底爱不爱她，他觉得这种话毫无意义。雷蒙和情妇打架，惊动了警察，雷蒙要莫尔索到警察局去为他作证，莫尔索也觉得无所谓，反正照雷蒙要求的意思去说好了。

老板要莫尔索到巴黎的分号去工作，莫尔索觉得在哪里生活都一样。晚上玛丽来问他愿不愿意和她结婚，他说这个问题毫无意思，她要结婚就结婚好了，这毕竟不是什么严肃的大事。

莫尔索为雷蒙作证之后，雷蒙情妇的弟弟带了一群阿拉伯人来报复，在海滨和他们打了一架。雷蒙被刺伤了胳膊，把手枪交给莫尔索，莫尔索不知道应不应该开枪。后来他被太阳光晒得头昏眼花，感到天旋地转，恍惚之中向刺伤雷蒙的阿拉伯人开了5枪。

莫尔索因为杀人被捕，又不愿按照法官的意思向上帝忏悔，于是案子拖了11个月。他逐渐习惯了监狱的生活，时间对他已经没有什么意义了。最后，检察官指控他在母亲死后不但不哭，还和女朋友去看滑稽电影，乱搞男女关系；为了逃避责任，还作为靠女人生活的雷蒙的同谋从犯去蓄意杀人，因而没有一点人性，是一个人面兽心的动物，是一个妖魔。法庭据此判处莫尔索死刑。他自己并不感到后悔，只是对检察官这样缠住他不放感到惊讶。

莫尔索拒绝向神父忏悔，他觉得20岁死和70岁死没有什么区别，像神父这样活着也等于一个死人。但是别人的死活也好，母亲的慈爱也好，对他都没有什么意思了，有一股气息会把生活的岁月吹得一干二净。临刑前莫尔索闪过愿意重新生活的念头，但他仍然觉得现在也是幸福的，想到受刑时会有很多人来看，来咒骂他，他感到自己并不孤单。

这是一个充斥着黑色味道的故事，我看到了荒谬的光，横穿而过，在这束光面前，人是多么渺小而无奈。多少人在这尘世，接受着命运的戏耍与摆布。

这是加缪的小说《局外人》的梗概，其实，在他所有的小说里，都跳跃着一只叫“荒谬”的兽。西西弗、卡利古拉、梅里埃……无不如此。

文字里的人物是荒谬的，生活中真实的他自己也是荒谬的。

他是与文学沙龙、文学名人、荣誉、勋章保持距离的“局外人”，但他的思考却深入到了现代社会的腹地。

《杰拉米的风》中有这样一句话：“我距离世界越远，我就越害怕死亡，因为我关心活着的人的命运，而不是静观永世长存的天空。”按照萨特的说法，加缪的哲学是“肉感”的，充满了对于尘世的眷恋和对于生命的爱。但是这种对实在之物和可亲近之情的爱并不是盲目的，前提是对于生命无常、命运荒诞的觉醒。正如加缪自己所说：“若没有对生之绝望，就不会有生之爱。”加缪永远置身于苦难、阴影、死亡之中，而正是因为有了前者，与之相反的幸福、阳光、生命才更显珍贵。“光活着是不够的，还应该知道为何而活。”

加缪10个月时父亲便在第一次世界大战中负伤身亡，使他“从来没有与那位素不相识的父亲哪怕是从理论上接近过”，使他一辈子都有一种解不开的父亲情结。外祖母粗暴、傲慢、专横，对孩子非常严厉，有时甚至用牛筋鞭子抽打他们，一点也不善良。温柔的好母亲却不知道怎么疼爱孩子，结果也是麻木不仁，只能眼睁睁地看着孩子们被打。“家”在加缪的眼里成了“一个贫穷、肮脏、令人厌恶的地方”，在那里，“苦难代替了团结”。

成人后他依旧没有摆脱荒谬的命运。结发妻子西莫娜曾是阿尔及尔全城追求者最多的姑娘，但由于有痛经的毛病，从14岁开始，她就注射吗啡，慢慢上瘾。为了获得她需要的毒品，她常常去勾引年轻的医生。加缪以为结婚后能治愈她，可她恶习不改，继续吸毒，服饰、行为也非常荒诞，被加缪的朋友说成是“从《恶之花》中走出来的女人”，加缪烦恼不安，西莫娜也越来越冷淡，最后两人的关系恶化，无法挽回。很难说加缪与西莫娜的奇异生活对他日后的创作产生什么后果，在他当时与后来的作品中，他都竭力避免任何与妻子相似的人物。可婚姻失败却对他的人生产生了巨大的影响，他一再承受着失败婚姻带来的伤痛和孤独的冲击。从此，他那种异乎寻常的傲慢、过分的敏感和“非洲人脾气”暴露无遗，成了一头“有非凡勇气和傲慢灵魂的斗牛”。为了报复西莫娜使他蒙受的创伤，他拒绝与一切女性保持持久专一的关系，成了一个勾引女性同时蔑视女性的“唐璜”。只是到了很久以后，他才找到那个“具有灵魂、能与之交往、与之交流、一起散步”的终身伴侣，她就是那位聪明漂亮的奥兰姑娘弗朗辛。

加缪曾说：“在我看来，没有什么比死在路上更蠢的了。”命运之神却跟他开了个玩笑，偏偏让他死于车祸。1960年1月4日，他坐在米歇尔·伽里马的汽车里，由于下雨路滑，汽车撞在了路边的树上，加缪被抛向后窗，脑袋穿过玻璃，颅骨破裂，脖子折断，当场死亡。

哲学家们一本正经，严肃认真地规范着世界的秩序，却常常有荒谬的光趁虚而入，搅乱夜晚与白昼，那看似顽童和大人们玩的恶作剧，给人世产生的裂痕却久久无法愈合。

荒谬，是命运的嘴角，最诡异的笑。有两个人，敢于去揭发它，撕破它——让·保罗·萨特和阿尔贝·加缪，显然，后者更加勇敢，并且亲力亲为，犹如为成群的食客们抢先品尝菜肴一一试毒。

加缪曾经说过，所有伟大的事迹和伟大的思想都有荒谬的开头。而此刻，他的结尾也完全如此。荒谬的光照彻大地，从头到脚，照彻他的一生。

当你踩到了紫罗兰的心

在那个城市里，他是一个威风八面的人，不管黑道还是白道，人人都敬重他。没有人敢对他有半点不敬。

生意场上，他飞扬跋扈，独断专行，但在生活中，却是个很绅士的人。每天开车回来，在小区的停车点上，不管多忙，都会耐心地把车子多倒几下，直到不能再靠里了。停车点很狭窄，他来来回回要多费上几分钟，“经常看到别人的车子没地方停，所以我不能占着两个车位。”他说他这样做，就是为了要给别人留个停车的位置。

还有一次，他的所作所为更是让我们对他心生敬意。

那天，他慢慢地开着车子，看到路边有一对年轻的恋人在闹别扭，男孩低声下气地向女孩道歉，女孩却始终不肯给男孩好脸色看。男孩就那么一直耐心地赔着笑脸。他路过他们身边的时候，好奇心驱使他本能地放慢了车速。没想到那男孩忽然变了一副样子，大声地向他吼道：“看什么看？快点走开。”他先是一愣，很久没有人敢这样没礼貌地和他说话了，但他没有生气，也没有把车子开走，继续在他们边上慢慢行进。那男孩生气了，挥起拳头猛砸了一下被他娇生惯养着的爱车的腮帮，车子惨叫一声，停住了。男孩继续不依不饶，对他吼道：“再不走开，我可不客气了。”一副十足的古惑仔模样。让人意想不到的是，他竟然向那个男孩谦卑地笑了一下，唯唯诺诺地说着一些道歉的话，然后慢慢地把车子开走了，在倒车镜里，他看到那个男孩很神气地对那个女孩比画着什么，而那个女孩似乎也不再和他生气，两个人手挽着手离开。他对我们解释说，他之所以这样做，是因为他觉得，降低一下自己，便可以成全别人。他只想给那个男孩一个表现自己的机会，让他在女孩的心中变得高大勇敢。

我们和他开玩笑说，在生意场上你那么霸道，到了生活里，怎么就成了“软蛋”了呢？他便给我们讲了他年轻时候的一件事。那时候的他，血气方刚，什么事情都喜欢用武力解决。有一次，一个社会上的小混混得罪了他，他找到了那个小混混的家，狠狠地教训了他。小混混的老父亲赶回来，死死地护着，不许他再动他的儿子一根汗毛。派出所的人来调解，问老人家有什么赔偿请求。他的心里七上八下，心想他肯定会“狮子大开口”，漫天要价了。令他没想到的是，老人非但没提任何要求，还真诚地对他说：“谢谢你替我教训了我这不争气的儿子，让他知道，这就是当一个不务正业、游手好闲的小混混的下场。”他愣怔在那里，羞愧难当。多少人打他都没让他低过头，但那天，他恨不得把头低到地上。

纪伯伦说，一个伟大的人有两颗心：一颗心流血，一颗心宽容。人与人的纠葛，物与物的碰撞，突如其来的意外变故，这一切都使社会显得那么狭小，生活变得那么拥挤，每个人都会在着急赶路的时候不可避免地制造一些伤害，不是碰伤自己就是割伤别人，这个时候，就需要我们宽容生活，宽容会让我们的心开出无比美丽的花朵。

当你踩到了紫罗兰的心，它却把芳香留在你的脚上。这是紫罗兰的宽容。宽容生活，实质是为了更好地生活。我们以善意的客观的态度理解着生活的一切内涵，我们也就发现了生活为我们展示的所有良好机遇。给心一份轻松，自由地去做我们该做的一切；给生活一个广阔的空间，使生活在我们的创造下变得更加美好。

所以，若要活出人生的精彩，品悟人生的美好，请时刻以善良为圆心，宽容为半径，它们会为你画出一个圆满的人生。

我身上的三片叶子

我握住时间的白色根须。我以为我可以让时间停留片刻，可是岁月依然疯长。到了收割的时节，突然发现，我的身上，除了三片叶子，再无其他可以收割的东西。

三片叶子，依然倔强地停靠在我这根经风历雨的枝条上，不容许我对生有丝毫的怠慢。那叶子依然是绿色的，还不肯就此萎谢。

我是多么强烈地爱着绿色。就像我自己，不肯枯黄，用尽全力拽住青春的尾巴，不让青春将我甩掉。

但多么新鲜的绿，也始终挣脱不了既定的结局。世界上有很多种颜色，所有的颜色都有一个相同的命运，变成灰色。就像再有激情的人，也有穿着睡衣，等待睡去的那一刻。

灰色是所有人的睡眠。

尽管这灰色迟早要来，如同两鬓间隐隐的秋霜，我还是尽可能地向后拖延我的青春，就像下午的阳光，把我的影子拖得很长很长，那影子里，还有着上午的芬芳。

有时候被阳光烫伤了，皮肤针扎似的疼，可是依然不舍得关上窗子。生活中是不是也经常有这样过分的热情？

夜晚的大街上，年轻人喝完酒在路灯下大声地向不同的女孩儿喊着：我爱你！他们的爱情，轻得像草叶上的露珠儿，危险地晃荡，用一点点谎言支撑着，真相的太阳一出来就蒸发掉了。

还有一个年轻人，抱着一棵树痛哭，为了刚刚与他分手的恋人。可是离开这棵树，走到另一棵树的时候，笑容就重新回到他的脸上了。

看啊，他们怀着怎样明目张胆的悲伤，又是多么快地抖落了那些悲伤。

年轻本身就有着极快的自愈能力。

张扬的青春，张扬的爱，年轻多好，可以尽情挥霍。在那样的青春里，没有人会慌了神色，就算受了委屈，也不会难过多久，他们永远有未来可以依傍，他们坚信未来可以还他们清白，坚信未来可以硕果累累。未来就像他们心底的一座彩虹，美丽的桥，连着他们的今天和明天，固执地相信着，一切都会水到渠成。

人们，为太阳唱着上升的赞歌，为月亮合起祈愿的双手。我喜欢躺在夜晚的草垛上看星星，但我自己却不愿意做星星。

人只有常常往下看看，才能看到更通透的自己。我看着我自己，似乎可以称得上是通体透明的人了。曾经，我枝繁叶茂，如今，只剩下空荡荡的三片叶子。也算美好。一片用来遮羞，一片用来纳凉，一片用来做梦的温床。

三片叶子，依然可以让露珠过夜的吧，依然可以引来几声鸟鸣的吧。

或许已到了去看夕阳的年龄了，可是依然喜欢停留在青春的阴影里。夕阳是被人们无数次擎过的酒碗，醉过从青春里走来的一茬又一茬的人。

有人说，少年是童话，青年是诗歌，中年是小说，老年是散文。而我已过不惑，仍不肯去讲故事，叙述很累，所以更多的时候，我选择抒情。老去的那一天，我甚至会想，有没有一天，我可以返老还童呢？

就像春天再来的时候，我还会发出新芽吗？

犹太诗人保罗·策兰说，春天来了，树木飞向它们的鸟。

我也要飞向我的美好。我不再怕老，因为老了，就可以变回孩子。变回了孩子，就会从时光的百宝箱里翻出无数美好的曾经，像小时候摆积木一样，为自己堆积幸福的城堡。

旧日时光，从眼前唰唰地飞奔而去，别指望去追上它，那里有我们永远到达不了的远方。

骑着巫婆的扫帚也好，骑着法师的魔毯也罢，你追不上逝去的时光。

忏悔你追不上，怨怼你追不上，曾经的誓言和祝福也追不上。

我身上的三片叶子，大小不一，形状各异，都闪着亮晶晶的光。

我身上的三片叶子，我叫它们：回忆、回忆、回忆。